新 潮 文 庫

5年後、幸せになる

唯 川　恵 著

目次

II

III

5年後、幸せになる

はじめに

なんだかんだ言っても、結局、私はいつも臆病《おくびょう》に生きています。

こっちを選んで本当によかったのか。さっき言ったことは間違っていなかったか。あの人を傷つけたのではないか。軽蔑《けいべつ》されたらどうしよう。失敗したらどうしよう。

そんなことがやけに気になって、何もできず、ただぼんやりと立ち尽くしてしまったり、するっと身をかわして逃げ出してしまうことが、かつて、いえ今も、よくあります。

こんな腑甲斐《ふがい》ない私ですが、最近、何かがふと、わかりかけたような気になる時があります。

何かってなに？

と、言われるとうまく答えられないのですが、たとえば、

「私にとって、いちばん大切なことはコレではないのか」

というようなことでしょうか。

私は別に、波瀾《はらん》に富んだ人生を歩んできたわけではありません。どちらかというと、ぬるま湯みたいな毎日に浸り切ってきました。

それはそれで幸福なことではあったけれど、安穏《あんのん》としていただけに、肝心なことをその中に置き忘れてきたようにも思えます。

私って何だろう。

私はどこに行こうとしているのだろう。

ちょっと気恥ずかしいほどシンプルな疑問に、最近になって、ようやく真正面から向き合うようになりました。

時折、取材などで「どうすればうまくいくか」というようなことを訊《き》かれます。

どうすれば仕事がうまくいく？

人間関係は？　お金は？　恋は？　人生は？

けれど、私は「うまくいく方法」などわかりません。

もし、みなさんを納得させられるような方法を知っていれば、私の人生はもっと違うものになっていたでしょう。

言えるとしたら、逆です。「うまくいかなかったこと」です。

結局、それを聞いてもらって、何かしら見つけていただくしかありません。

ここで、こうして書いている私は、失敗や挫折《ざせつ》や絶望を、精一杯カッコ悪く過ごして存在してます。

これからだって、いろんなことがあるでしょう。でも、今の時点でひとつだけ言えることは、カッコ悪く生きるって、そんなにカッコ悪いことじゃないってことでしょうか。

これは、そんなことがたくさん書かれた本になりました。

I

若い頃、私は男の人にこう言われるのが夢でした。

「結婚したら、君を幸せにするよ」

それを言われると、

これで間違いないんだ、私は必ず幸せになれるんだ、と、

確信した気持ちでいられたのです。

でも、今はそんなことを考えていた自分が恥ずかしい。

誰かから貰う幸せなんて、

どんな価値があるというのでしょう。

年齢に追いついていますか？

まず、五年前の自分を思い浮かべてみませんか。あなたは何歳だったでしょう。その時、五歳年上の女性をどんなふうに思い描いていましたか。分別があって、落ち着いていて、仕事もきちんとやっている、まさに大人の女。そんなふうには想像していませんでしたか？

そして、今、その年になってみて、想像とあまりにかけ離れている自分にびっくりしてはいませんか？

「私ったら、いい年して、なんて子供じみているんだろう」

まさに、私がそうです。

もしかしたら、私の今までの人生の大半は、この実年齢と精神年齢のギャップに戸惑うことばかりで費やされて来たのではないかと思うくらいです。

OLの頃、Hさんという女性と知り合いました。

彼女は五歳年上の二十七歳。とても素敵な女性でした。仕事はよくできるし、上司たちとも対等に付き合っているし、後輩たちの面倒見もいい。どんなトラブルがあっても慌《あわ》てず、不愉快なことがあっても顔に出さず、みんなから信頼されていて、私からすればまさに「大人の女性」でした。

Hさんはしばらくして、お見合いをし、あっさりと結婚を決めました。何でも彼女はお寺の一人っ子で、養子をとらなくてはならない立場とのこと。それにしても、言葉通り本当にあっさりという感じで、周りのみんなも驚いていました。

そのお祝いも兼ねて、一緒に飲む機会があった時、私は彼女に訊《き》きました。

「電撃的ですよね。よっぽどお互いに一目惚《ぼ》れって感じだったんですね」

するとHさんは淡々とした口調でこう言いました。

「恋愛と結婚は別だから」

その言葉のニュアンスから、彼女があまり結婚相手を好きではないのだな、ということは私にも察しがつきました。何だか少しやり切れないような気分にもなりましたが、二十七歳にもなればそういった割り切り方もできるのだろうと、勝手に納得していました。

いつか、私も二十七歳になって、後輩たちを何人かまとめる役が回って来ました。私はHさんのことを思い浮かべ、あんなふうに上司や後輩から信頼されるようになりたいと思ってました。

でも、これが全然ダメなんです。

上司から何か言われるとすぐにムッとしてしまうし、後輩たちにも鷹揚《おうよう》になれず、給湯室なんかで騒いでいるのを見ると「うるさいなぁ」と思ってしまう。仕事にはやりがいが持てず、身が入らない。とてもHさんのようにはなれない。私は自分にため息をついていました。

そんな時、私はその頃付き合っていた彼と別れるハメに陥ってしまいました。私は恋人だと思っていたのだけど、彼はそうでもなかったみたいです。彼の「まだ自由でいたいんだ」のセリフに、私は彼の本心を見たような気がしました。

それから、どうしたことか根拠のない結婚願望に取り憑《つ》かれるようになりました。結婚できるなら誰でもいい、なんていうような感じです。仕事にやりがいは感じられず、周りからはプレッシャーがある。友人たちがどんどん結婚していったこともあったのでしょう。

そんな時、お見合い話が持ち込まれて来たのです。条件としてはかなりなものでした。次男坊でマンションあり。勤め先もなかなかです。勧めてくれた人も「掘り出し物よ」と言ったくらいでした。

恋愛と結婚は別だ、とHさんが言っていたことを思い出しました。相手の身上書を見て、条件が揃《そろ》っていればそれでいいじゃない。私は結婚してやる。絶対にしてやるんだから。

そんな意気込みでお見合いに出掛けたのだけれど……。

結果は、ダメでした。何回か会うことは会ったのだけど、どうしても好きになれなかったのです。

その時、思ったのは、私にとって恋愛と結婚は別のものにはできない、ということでした。

やっぱり惚れた男でなきゃダメだ。

そのことを取り持ってくれた人に正直に言うと、その人は口元にうっすらと笑みを浮かべてこう言いました。

「いつまでも夢があっていいわね」

私は黙ってしまいました。私が、私に呆《あき》れているところもあったからです。本当に、いい年をして、私ったらなんて子供じみているんだろう。やっぱり私は同じ年になっても、Hさんのように大人になれないんだ。なんて、その時は落ち込んでしまったのです。

でもね、今になって、思います。

確かに、私はHさんのようにはなれませんでした。結婚のことだけでなく、すべてにおいて、私が頭に思い浮かべていた二十七歳とは違った私になっていました。結局のところ、Hさんを見ていた五年前の自分と、少しも変わっていないのです。

でも、よく考えてみれば、どうしてそのことで落ち込まなくてはならないのでしょう。

あれはあれでよかったんです。Hさんと較《くら》べたってどうしようもない。なぜなら、Hさんは二十七歳だったからああいう女性になれたのではなく、もともとそういう生き方のできる女性だったのです。年齢とは何の関係もありません。私にとって、憧《あこが》れの人ではあったけれど、彼女は彼女、そして私は私の生き方しかできないのです。

私はそれからどんどん年を取って、もっとたくさんの素敵な年上の女性たちを見るようになりました。あんなふうになれたら、と思うこともたびたびです。

でも、どうあがいても、私はその人たちになれません。影響を受けたりはもちろんするし、自分を直そうとすることもあります。無知であるのは恥ずかしいから、年齢なりの知識は身につけたいとも思っています。でも、私はやっぱり私なのです。

そういった様々なことを考えた結果、こう思うようになりました。

もし、自分の実年齢と精神年齢のギャップに戸惑うことがある時は、実年齢の方を捨てる、ということです。

今、実年齢二十三歳、でも精神年齢は十八歳のままだと思うなら、それは十八歳なのです。二十三歳ではありません。そして、それを自分で受け入れるのです。

世間じゃそんなこと通用しない？

ええ、確かにそれはあるでしょう。でもね、じゃあ世間でいう二十三歳ってどういうのか、と言ったら誰もわからないんです。基準も平均も何もないのです。

通用しないのは年齢ではなく、身勝手とか我儘《わがまま》とか根性が曲がってるとか、そういう元々の心根です。それは十八歳であろうが、二十三歳であろうが、三十五歳であろうが、同じであって、年齢とは関係ないことなのです。

それと同じように、実年齢と見た目年齢にギャップを感じる場合も、実年齢を捨てよう、と、私は言いたいと思っています。

この年になったから、こんな洋服を着て、こんなお化粧をして、なんて自分で自分を枠《わく》の中に押し込めてしまわない。

もし、そういう時に何か基準を持つとしたら、これは自分に似合うか似合わないか、そのことだけです。たとえ二十歳ぐらいの女性を対象に作られた服であっても、似合えばそれでいいんです。似合わない二十歳の子が着るよりずっと服も満足してくれるはずです。

昔から、日本人は年齢を気にし過ぎる民族だって言われています。どちらかと言うと、私もそのタイプのひとりでした。自分の中でも「私はもう○○歳だ」と思うと同時に、人からは「もう○○歳のくせに」と言われたくない、という気持ちもありました。

そうして、今、どう考えているかというと「私の年齢は私が決める」ということです。

ちょっと開き直りにも似ているかもしれません。でも、この際、開き直ってしまいましょう。

人と較べてどうだ、自分は世間の年齢に当てはまってるか、なんて考えてばかりいたら、自分らしさがどんどんなくなってしまうような気がします。

私は私。あなたはあなた。

人と人の間にあるのは、年齢ではなく人間性だけなのですから。

人を裏切ったことありますか？

人の心とは不思議なものです。

多くの人は、おおむね、自分のことを「悪人ではない」と思っているはずです。胸を張って「善人」とは言えないにしても。

悪人ではない、の条件はそれなりに守っているでしょう（善人の条件をクリアするのは難しいけれど）。その中でも、大きな条件として、自分を信じている人を裏切らない、というのがあります。

たとえば親、たとえば友人、たとえば仕事仲間。そして、恋人。

やっぱり恋の話をしましょうか。

あなたは恋人を裏切ったことがありますか？

いえ、もっとストレートに訊《き》いちゃいましょう。

あなたは恋人がいながら、他の誰かを好きになったことがありますか？

ある。

それはいけないことだと思いますか？

私が代わりに答えさせてもらいましょう。

全然、いけなくなんかありません。

それは仕方のないこと。人の心はさ迷えるものです。どんなに好きでも、いつもいつもお米のごはんを食べていたら、たまにはパンも食べたくなるでしょう。不謹慎なたとえのように思われるかもしれませんが、結局のところ、そういうことです。

そんなことぐらいで、裏切りなんて言葉を使うのは大げさ過ぎるというものです。

じゃあ、もうちょっと先に進んで、他に好きな人ができて、その人とこっそり付き合うようになったというのに、恋人には何も言わず、今まで通りに接している。

恋人はもちろん、そんなことに気づくはずもなく、今もあなたひとりを愛してくれている。

これはどうでしょう。

いけないこと？

それはとてもまっとうな考え方だと思います。

でも、人の心はそういった、いいとかいけないとかの判断だけでは生きてゆけないものだということも、みなさんはすでに知っているはずです。もしそれができるなら、世の中、恋で苦しむ人なんてひとりもいないでしょう。

恋人以外の誰かを好きになる。それをいけないことだと思ってしまう。

何だか言葉のアヤになってしまうのだけど、私はこれって、他の誰かを好きになってしまうことより、それを「いけないこと」と思ってしまうことの方が、いけないことのような気がするのです。

ややこしい言い方になってしまいました。

とっても恥ずかしい話をしましょう。ずっと前、付き合ってた男にふたまたをかけられた話です。

彼とは一年ぐらいの付き合いで、なかなかうまくいっていたので、私は彼に他に女ができるなんて考えてもいませんでした。

ある時、人づてに私の知らない女と彼がデートをしているという噂《うわさ》を聞いて驚きました。迷ったのですが、やっぱり彼にちゃんと訊くことにしました。

「それって、本当なの？」

「いや、その、うん、まあ」

しどろもどろの彼。それは認めるってことです。当然のことながらショックでした。

「その人のこと、好きなの？」

「それは……」

「私と別れて、その人のところに行っちゃうの？」

「ごめん、いけないことだとわかってた。彼女とはもう会わないから」

「本当に？」

「ああ」

その時は、それでうまく話がまとまったような気がしました。実際、彼も彼女とすぐに別れてくれました。でも何だか、しっくりこない自分がいました。

それが何故《なぜ》だか、すぐにはわかりませんでした。何もかも元通り、うまくいったんだからよかったじゃない、と思おうとしても、どこかぽっかり穴のあいたような気分なのです。

でも、今はわかります。

あの時、いけないことだと、彼は言った。彼はそのことがわかっていた。わかっていたのに止められなかった。結局、彼女とは別れて私の元に返って来たけれど、それはいけないことをしたという私への謝罪の気持ち、もしくは裏切るという行為を許せない自己嫌悪《けんお》、そういったものから出た結論ではなかったのか。だとしたら、私を好きという感情なんて二の次で、実は同情や責任感でしかないのではないか。

もし、そうだとしたら、あまりにも悲しいでしょう。

実際のところ、私たちはそれからしばらくは前のように付き合っていましたが、三カ月もしないうちに別れてしまいました。ふたりの間に漂うぎくしゃくしたものをどうしても拭《ぬぐ》えなかったのです。

まあ、別れた彼が、その彼女と付き合い始めなかったのだけは救いでしたけど。

もし、あの時、彼がいけないことをしているという意識を持っていなかったとしたら。

それはそれで、やはり傷ついたでしょう。けれど、ちょっと違う傷つき方になったような気がします。呆《あき》れるし、怒りもしただろうけど、どこかでホッとするような。やっぱり彼には私がいちばんなんだというような。

恋人以外の誰かを好きになる。それは止められるものではありません。けれども「いけないことをしている」と意識し始めたのなら、答えはちゃんと出した方がいいでしょう。恋人か、もしくは新しい彼の、どちらかの自尊心をひどく傷つける前に。

それは恋においてのひとつのルールです。お互いをちゃんと認め合うための。

「愛情」という言葉は「愛」と「情」のふたつでできています。

このふたつが合体しているうちはいいのですが、それは時間がたつにつれ、微妙に分離してゆくようになります。そして分離すると、今度は相反した存在になります。そのくせ、常に密接していて、人を悩ませます。

大恋愛の末、結婚したＦ枝。でも五年たった今、うまくいっていません。実はダンナ様の会社が倒産して、働く気力をまったくなくしてしまったのです。今はほとんどヒモ状態。だから会うとダンナの愚痴ばかり。で、つい言ってしまいました。

「本気で人生をやり直すつもりなら、離婚を考えたっていいと思うけど」

「正直言えば別れたいわ。でも……」

「でも、なに？」

「なんて言うのかな。ここで離婚しちゃうのは、かわいそうっていうか、後ろ髪が引かれるっていうか、そんな感じなの。もう愛はなくなってしまったけど、情は残ってるのよね。結婚して五年、付き合ってた頃を含めれば十年近く一緒に過ごして来たんだもの。やっぱりあっさりとはいかないわ」

「そっか……」

これが、情にほだされるということでしょうか。時には、こんなふうに愛に目をつぶることも必要でしょう。逆に、愛をとるために、情をきっぱり切る時も。どっちがいいかなんて言えません。私にもわかりません。だって愛と情は、どちらが重いわけでも正しいわけでもないのですから。

人と人との繋《つな》がりにはさまざまなものがあります。時には、恋や愛より大切にしなければならない状況が生じる場合もあるでしょう。

それを上手に受け入れることが、大人になることだとは思っていないけれど、いい女はいつだってその時々に、いちばん大切なものを見極められる目をちゃんと持っていなければならないのです。
見つめるのは、いつも自分の気持ち。
簡単なようで、とっても難しいけれど。

ダイエットでキレイになりたいですか？

今やダイエットは、雑誌に記事や広告が載らないことはない、というほど女性にとって関心の深いものとなっています。

食べて痩《や》せる、飲んで痩せる、塗って痩せる、着て痩せる、器具を使って痩せる、エステで痩せる、すべての技術を駆使しているといっていいでしょう。

ダイエットは私も何回もやってます。

話題にのぼったものは、すべて試したといっても過言ではありません。

つまり、それはすべて失敗したということでもあります。私の体重は不満を残したまま、今もその状態が続いています。

今回、とてもプライベートなことを話させていただきましょうか。早い話、私のダイエットの失敗談です。

まあ、人のふり見て我がふり直せ、ということです。

さて、一年前の今頃、私はかなりの決心をしてダイエットを始めました。

というのも、その年の夏、アイスクリームにはまって、気がついたら四キロも太っていたのです。

私がやったのは、こんにゃくダイエット。

全然難しいことはなくて、夕食をこんにゃくにする、というだけです。

こんにゃく、と言っても、今は色々に加工がしてあって、お米ふう、ラーメンふう、うどんふう、スパゲティふうなど多彩です。結構おいしくいただけます。

私は家で仕事をしているので、どうしてもルーズな生活になってしまいがち。一日で食べるのは、朝食を兼ねた昼食と、夕食の二回です。その夕食をこんにゃくで済ませるわけです。つまり、まともな食事は一回。その一回もご飯に納豆に目玉焼きに味噌汁《みそしる》、といった程度のものでした。

間食はもとからあまりしない方でしたけど、さすがにお腹がすくと、低糖ヨーグルトとか低カロリークッキーを近所の自然食品の店で買い、それを食べていました。

時には、夜に外食となります。お酒を飲んだりもします。そういう時は食べたり飲んだりもしましたが、次の日は、二食ともこんにゃくにしました。

そんな状態がひと月ほど続き、私は五キロダイエットに成功したのです。

回りから「瘦せたわね」とか「顔が小さくなった」と言われて、すごく嬉《うれ》しかった。それで、もう少し続けて、あと三キロは瘦せてやろうという気になったのです。

まあ、ひと月で五キロなのだから、それほど過激というわけではないですしね。

だから、その時、私は何も感じてませんでした。私が何か少し変だということを。

まず、感情に起伏があるようになりました。

小さなことに苛《いら》ついたり、訳もなく悲しくなったり、テレビを見ててもぼんやりしてしまうのです。

たとえば、夜に田舎の母から電話があり、

「昨夜、いなかったけど、どこ行ってたの」

なんて言われると、

（いちいちうるさいなぁ、放っといてよ）

と思います。簡単に、仕事の打ち合せで出ていた、と言えばいいのに。

夜、ひとりで部屋にいると、何だかひどく絶望的な気分になって、私ほど不幸な人間はいないと思ってしまいます。

集中力がなくなった、ということもあります。仕事をしなければならないのに、意欲というものがまったくなく、ワープロの前に座ってもただぼんやりしてしまうだけ。

別に胃が痛いとか、熱があるとか、具体的に体調が悪いわけではなかったので、それがダイエットのせいだとは思わず、それからも続けました。

冬の少し前、私は風邪をひきました。やたら寒さが身にしみます。風邪はとにかくしつこくて、なかなか治りません。

医者に行くと「身体の抵抗力が弱まっている」と言われました。さすがにこれは少しマズイと思い「やっぱり栄養つけなきゃいけないんだ」と、ちゃんとしたものを食べようとしました。

が、これが食べられないのです。

確かに、風邪のせいで、食欲がないこともあります。けれど、そればかりじゃないのです。食べることに気持ちが少しも動かない。早い話、食べたくない。それでも無理して食べようとすると、吐き気がこみあげて来るのです。

　さすがに私も少し不安になりました。何でもいいから食べられるものはとにかく食べようと思い、今まで禁断にしていたアイスクリームとかプリンとか、口当たりのいいものを食べることにしました。

　何か、変な気分でした。今まで食べちゃいけないって思ってたものを、無理してまで食べようとしている自分が。

　そんな中で、私は友人にもらしました。

「これって、やっぱりダイエットのせいかな」

　すると、その友人はやけに納得した顔で頷《うなず》きました。

「あのさ、私、思ってたのよ、あなた、やつれたなぁって」

　私はびっくりしました。だってその友人は、「顔が小さくなったね」って言ってくれてたのです。私はそれを褒《ほ》め言葉だと思っていたのです。

　他の人にもこんなことを言われました。

「ここんとこ、暗かったね」

「生気がないっていうのかな、疲れてるように見えた」

そして極め付けは、姉の言葉でした。

「老《ふ》けた」

これはショックでした。だって、キレイになりたくてダイエットしたのに、そんなふうに見られていたなんて。

実際、鏡をのぞくとシワが増えたし、顔色も悪く、目の下にはクマもある。

何なの、これは。

私はようやくダイエットをやめることにしたのです。

けれども、これがすんなりいきません。食欲がなかなか戻らないのです。結局、普通の食事をちゃんとおいしく食べられるまでに半年ぐらいかかりました。もしかしたら、拒食症の始まりとはこういうものではないか、とその時、思いました。

今は体調もすっかり戻り、いえ実は戻りすぎて困っているぐらいなのですが、でも、あの時よりはマシだと思ってます。

ダイエットというのはすごく個人的な問題です。自分で失敗しないとわからないってところもあるでしょう。

他人からどんなに「太ってない」と言われても、自分が太ってると感じる以上、痩せたい願望は消えないのですから。

けれど、無知から始まるダイエットは、確実に身体を壊します。スナック菓子やケーキをやめるくらいのダイエットなら、何の問題もないでしょうが、本気でやるなら、ちゃんと知識を持ってするべきでしょう。

この私の失敗を読んでいただいて、少しでも参考になればと思います。

最後に、みなさんのダイエットに対する関心をもし一問一答形式にすると、もしかしたらこんな感じではないかと思って書いてみました。

Q　なぜ、痩せたいと思うのですか。
太っているから。

Q　太っていたらいけないのですか。
着られる服がなかなかない。モデルはみんな痩せてる。どうせならカッコよく着たい。

Q　なぜ、服をカッコよく着たいのですか。
キレイになりたいから。キレイだと、周りから思われたいから。

Q なぜ、キレイになりたいのですか。

男の人にモテるから。

Q では、今、あなたが痩せたら本当に男の人にモテると思いますか?

成功、祈ってます。

高望み、してますか？

このエッセイを連載していた『モニク』という女性誌のアンケートがあります。
まず、それを紹介しましょう。

あなたは今の生活に満足していますか？
している　33％　していない　66％　その他　1％
あなたは今、幸福ですか？
はい　78％　いいえ　21％　その他　1％

この結果をあなたはどう思うでしょう。

今の生活に満足はしてないけれど、自分を幸福だと思っている。

という意見が過半数を占めています。

とても矛盾しているようだけれど、結局はこういうもんなんですね。

あなたは幸福というものに、どのようなイメージを持っていますか。

そのことを考えるためにも、まず不幸のことを考えてみましょうか。

不幸というのはとてもわかりやすい現象だと思うのです。だいたいにおいて、不幸な現実、というものがそこに存在しているからです。

たとえば、家族や恋人や友人など、大切な人との別れ。ペットなども入るでしょうか。生き別れでも不幸なのに、死がかかわっていたとしたら本当に悲しい。自分ではどうすることもできないだけに、不幸です。

また健康を損ねたとか、信じていた人に裏切られたとか、もっと現実的にお金を盗まれたとか、そういうこともあるでしょう。

つまり不幸というのは、それぞれにとてもはっきりした形を持っているのです。

でも、幸福は違います。

幸福というのは、とても曖昧《あいまい》な形をしています。人によっても全然違います。

宝くじが大当たりした、という幸福もあるでしょう。愛する彼にプロポーズされたというのもあるかもしれません。かと思えば、朝起きたら窓の外に真っ青な空が広がっていた、とか、今日一日つつがなく暮らせた、とか、それだけで幸福を感じられることもあります。大小さまざま、濃いのも薄いのも、どれもがみんな幸福です。

そう考えると、幸福というのは、不幸じゃない、というだけで、もう十分にその条件を満たしているとも言えると思うのです。

私はもちろん、幸福でいたい。

みなさんにも幸福であってもらいたい。

たとえ、人がびっくりするような大きな幸福でなくてもいいから。

だから、今に満足してなくても、幸福だと思えるのなら、それでいいじゃないと思うのだけれど。

そう、思うのだけれど……。

私は、今が不幸ではないという幸福を、自分の逃げ道にしてはいけないと思うのです。

というのも、こんな手紙をもらうことが時折あるからです。

「私は今に満足できていません。だって、やりたい仕事をしていないし、平凡な毎日で、パッとしたことなんて何もないから。こういうの、とても充実して生きてるとは言えません。でも健康だし、恋人はいるし、友達もいるし、さしせまった悩みもないから、これ以上を望むのは贅沢《ぜいたく》ってものでしょう。だから、まあ幸福なんでしょうけど」

そう書いてしまう気持ち、わからないでもありません。

彼女はきっと、今の平穏無事な毎日に感謝しないで不満ばかり口にしてたら、バチが当たるってことを言いたかったのでしょう。いい方に考えれば、謙虚ってことでしょうか。

でも、悪い言い方をすれば、ぬるま湯にどっぷり浸《つ》かっていて、自分からは何もしようとしていないってことです。

だって、満足を得るために新しい仕事に向けて行動してるわけでもない、平凡な日常を変えるための努力もしてない、自分が何をして生きてゆけばいいのか、そういうことをまったく考えようとしていないのですから。

彼女がそれでいいなら、文句をつけるつもりはありません。でもその時点で、今の状態を不満足と言ってはいけないのです。それが彼女の定位置。つまりお似合いの状態だということなのです。

私は、何だか少し腹が立ち、悲しい気分になりました。

どうして安易に今を幸福だと納得してしまうのでしょう。そんな考え方は、もっともっと年をとってからでいいんです。あと十年、いえ二十年たってからで十分です。

今は、たとえ手の中にある幸福を壊してでも、満足できる毎日を手に入れたいと望むくらいの気持ちがあってもいいんじゃないでしょうか。

こんなことを言うのも、実は自分がそうだったからです。

私は二十代、ずっとOLをしていました。OLの仕事がどうのこうのと言うわけではなくて、私はやりがいというものがその中でどうしても見つけられませんでした。

でも、お給料はまあまあだし、仲のいい友達もいるし、家族は平和だし「まあ、こんなもんかな、人生なんて」と自分をなだめすかして、その状態から飛び出そうとはしませんでした。

その時はその時なりに、これだって幸福なんだから高望みはしないでおこう、と妙に悟ったようなつもりでいたんです。

でも、今になってわかります。

私はとても臆病《おくびょう》だったのです。怠けていただけだったのです。不満足を満足に変えるための努力を放棄していることを、うまくとりつくろっていたのです。

そう思った時点で、すべては終わりです。もう前に進むことはできません。

正直言うと、現在もそういうところがあります。これでいいじゃない、これで十分に幸せじゃない、そう思って自分を納得させようとしてしまうのです。

満足できる毎日を得るために、夢を持ち、それに向かって何かをしようとすると、時には人から「バカげた高望み」とか「身の程知らず」とか思われてしまうことがあるかもしれません。

高望み、いいじゃないですか。身の程知らず、これだってステキなことだと思いませんか。それのどこが悪いのでしょう。

そういうこと、いっぱいすればいいんです。人から何を言われたって構いません。

別に他人の人生を生きるわけではないのです。自分は自分なのです。それでたとえ望みが叶《かな》わなかったとしても、何もしなかったことの方がよかったとはとても思えません。

私はそういう女性の方が、不満を抱えながらも今の幸福にしがみついている女性より、ずっと魅力を感じます。

さて、もうひとつ、お手紙を紹介しましょう。

「仕事も面白くないし、友達もいないし、家族ともうまくいってないけど、私を心から愛してくれる彼がいるから幸福」

うん、これはこれでとても幸福でしょうね。恋が調子いい時は、後のことなんかどうでもいいような気分になってしまうことって確かにありますから。

でも、人は変わります。必ず変わります。

それは何も彼の心が変わってあなたを嫌いになるというのではなく、男にとって情熱を注ぐ対象は、これからどんどん増えてゆくということです。

なのに、女性の方は彼の愛情だけに幸福を求めているとしたら、いつかきっと「こんなはずじゃなかった」と、とり残されたような気分になってしまうでしょう。

彼の愛情を幸福に感じるのは当然のことです。私だってそうありたい。でも、それだけですべてを満足してしまう女性にはなりたくない。そんな生き方はあまりにも頼りない。

幸福のかたちはさまざまです。

毎日に満足はしてなくても幸福、それだって、幸福には間違いありません。けれど、不満足を満足に変える、そういう努力をすること自体が、実はとても幸福なのだということも、決して忘れてはいけないことだと思っています。

そんなに愛されたいですか？

「あなたにとって忘れられない恋愛小説は何ですか？」

と、訊《き》かれることがあります。

頭の中にはいろんな小説が浮かびます。あれもいいな、これもいいな、と迷って最後に答えるのは、いつもたいていコレになります。

『人魚姫』

逃げだと思わないでくださいね。こういう時、童話を出すのはズルイとわかっていながら、ついそれを答えてしまいます。

人魚姫の物語はみなさんもよく知ってるでしょう。小さい時から私も何度も読みました。

そう、実はこの、何度も読んだというところにポイントがあるのです。

本当に小さい頃、たぶん絵本で読んだ時、私はただただ怖かった。最後に海の泡となることが、死を強く連想させたからです。

死ということがやみくもに怖かった頃は誰にもあるでしょう。愛とか恋なんてものが、まだよくわかっていなかった頃のことです（これは今もだったりするんだけれど）。

もう少し大きくなって、小学校の高学年ぐらいに読んだ時は、ひたすら涙ものでした。愛のためにすべてを捨てて、捨てるだけでなく苦痛までも背負って、それでも王子を想《おも》うその激しさ。何ひとつ報われなくても、自ら泡になることを選ぶだなんて、

「ああ、これこそ無償の愛！」

という感じです。たぶん、私も恋を知ったのでしょうね。それも片想い。片想いの究極の形が人魚姫だと思ったのです（ちなみに、アンデルセンもこれを書いた時、強烈な片想いをしていたそうです）。

高校生ぐらいになって読んだ時には、逆に、人魚姫にイライラしました。

「どうしてもっと頭を使わなかったのかしら。ただ愛してる、好きなんです、だけじゃ恋は手に入らないのよ。結局、人魚姫は自分に酔ってる愚かな女でしかなかったのね」

そろそろ物事を斜めに見るようになっていたんですね。これを聞いたらあの世でアンデルセンは怒り狂うでしょうけど。

物語の中に王子と結婚するお姫さまが出て来るのだけれど、彼女に対しても、「ふん、ああいういいトコどりの女ってどこにでもいるのよね」

なんて具合に、恋に対してだけでなく、自分を人と較《くら》べるようになったりもして、いろいろと屈折していたようです。

もっと大人になって、改めて読み直した時、また違う印象を持ちました。実はストーリーは人魚姫が海の泡になって終わるだけではありません。何度も最後まで読んでいたのだけれど、その時まで、その部分はあまり印象に残っていませんでした。

人魚姫は確かに海の泡になります。けれど、それから神に導かれ、天に昇り、永遠の魂ともっと大きな愛を手に入れるのです。

この時、男と女とか、好きとか嫌いとか、愛してるとか恋しいとか、いろいろあるけれど、結局そのすべては何か別の、もっと根源的な自身の在り方というものを知り得るためのひとつの通過点にしか過ぎないのではないか、なんてことを考えました。ちょっと恋に疲れていたのかもしれません。

というわけで、さまざまに印象を変えてくれる『人魚姫』は、私にとって恋愛小説の原点でもある物語なわけです。みなさんも気が向いたら、もう一度、読んでみてはいかがでしょう。

さて、前置きが長くなりました。本題に入りましょう。つまりは、愛することと愛されることのバランスの話をしたかったわけです。

これは悲しいことに、同じ分量ってことは絶対にありません。必ず、どちらかがたくさんの気持ちを持っている。そして、その気持ちの分だけ、苦しい、切ない。

でもね、ここです。

この苦しくて切ないところ、それこそが恋の醍醐味《だいごみ》ではないかと思うのです。

時折、恋をしている女性からこんなことを言われます。

「彼ね、優しくて頼もしくて、いつも私のことを考えてくれて、こんなに愛されていていいのかって思っちゃう」

それはそれで「いいわねぇ、そんなに愛されて」と思います。でも、「彼ってどうしようもないの、自分勝手で私を振り回すばかり。ケンカした時、いつも別れてやるって思うんだけど、困ったことに、私、惚《ほ》れちゃってるのよね」なんてことを聞くと、そんな彼を持ってお気の毒と思うと同時に、そこまで惚れてるなんて羨《うらや》ましい、という気持ちにもなるのです。

自分を優しく愛してくれる人を好きになるのは、ある意味で当然です。でも優しくない、愛してくれない、そんな男なのに好きでたまらない。

ね、これこそが恋だと思いませんか？

想われる恋が幸せだと思う人は、早い話、その方が楽ちんだからです。受け身の恋は、喉《のど》が渇けば飲み物が出て来る、雨が降れば傘がすっと差し出される、要するにお客さんのような恋です。

でも、想う恋の方はいつもピンとアンテナを張って、相手を観察していなければなりません。それには洞察力や想像力が必要です。下手をしたら嫌われてしまうかもしれない、という可能性もあるわけですから。こういった恋はひとつの冒険でもあります。

いいことを教えましょう。

恋は幸福なもの、というのは嘘《うそ》です。

恋というのは本来、苦しく切ないものなのです。けれども、それらもすべて自分でちゃんと引き受けることができる、それくらいの度量の広さがあってこそ、本物の恋ができるのです。

だからもし、今、自分が想うだけの苦しい恋をしていても、それはそれだけ、本当の恋をしているんだと信じてください。

私の知り合いに、結婚して十五年もたっているというのに、今もご主人が好きでたまらないと言う女性がいます。だから、毎日とても綺麗《きれい》にしています。お化粧もして、服装にも気を遣って。夜も、なんていうか、いつ彼に迫られても恥ずかしくないように、ボディのお手入れも万全です。

みんなは結構あきれています。

「それって変。そんなに夫に気を遣うなんて他人みたい。ありのままをさらけ出してこそ本当の夫婦ってものじゃないの」

するとその女性は言いました。

「私ね、結局、結婚してもダンナ様にずっと片想いしてるのよ」

私は何だかいいなぁって思ってしまいました。そういう関係でいる夫婦っていうのも悪くないなって。

あなたはどう思います？

さて、私は俗に言う「恋愛小説」というものを書いています。自分としてはそればっかりのつもりじゃないんだけど、周りからそう言われることに何ら不満はありません。

小説のような恋をしたい、と思ってる女の子たちはいっぱいいるようです。そんなお手紙もよくもらいます。

が、ひとつ言わせてください。

小説の中に、想われる恋はありません。

想い、想われる、というのはもちろんあります。でもこの場合も、主人公が（いちおう女性としますが）必ず、相手の気持ち以上の想いを持っているのです。だからこそ、主人公になりうるのです。

想われるだけの幸福な恋、なんてものは、小説になったりしません。つまり、想われる恋というのは、想う恋よりずっと退屈でつまらない恋なのです。

友達とうまくいっていますか？

私の書いている小説やエッセイは、ジャンル分けすると「恋愛もの」のところに入るので、どうしても女性と男性の関係についてばかり書いているように思われがちです。

でも、本当はそんなつもりはないんです。実は、女同士というものも大きな位置を占めています。

この間書いた小説も「恋愛もので」ということで依頼を受けたのですが、書いているうちに、主人公の女性とそのライバルになる女性の関係ばかりに気持ちが行き、肝心の男性の存在が希薄になって困ってしまいました。

よく、恋愛は女性を育てると言います。もちろん、その通りだと思います。けれども、それだけで育てられても、偏《かたよ》った人間になってしまうのではないかと思います。

男と女という性の違いは、性が違うということだけで許されることが多々あるでしょう。惚《ほ》れてしまうと目が曇るということもあるだろうし。

けれども、女同士ではそうはいきません。甘えも媚《こ》びも通用しない。美醜も関係ない。もっと本質的なところでの勝負となります。

自分から「女」という性を抜き取った時、どんな自分が見えて来るか、これはなかなか興味深いと思いませんか。

よき恋をすること。

そして、よき友を得ること。

このふたつがあってこそ、バランスのとれた人間が育てられてゆくのです。

「あなたは心を許せる友人がいますか」

この質問は、とても難しいものがあります。心を許すとはいったいどういうことなのか。自分の恥ずかしいこと、悲しいこと、暗い過去、そういったものを全部打ち明けられる、ということでしょうか。

ずっと昔の話ですが、後味の悪い思いをしたことがあるのでお話ししましょう。

私はある女性と知り合いました。年が近かったせいもあって意気投合し、とても仲良くなりました。彼女とはよく食事や飲みに出掛け、電話も頻繁《ひんぱん》にかけ合うようになりました。

彼女は何でも私に話してくれました。恋人のこと、家族のこと、仕事のこと、過去の失敗、将来の夢、今日あった嬉《うれ》しかったこと、イヤなこと。

「こんなこと、あなたにしか言えないわ」

という言葉も、心を許してくれている証拠のように思えて、嬉しく思っていました。

けれども、それが続いてゆくうちに、私は少しずつ何かが違うと思うようになって来ました。

何と言えばいいのでしょう。私を友達だと信じているからこそ話してくれる、それがわかっていながら、あまりにすべてをさらけ出されると、それが負担になって来たのです。そして、もっと困ったのは、彼女は私にも同じことを要求することでした。

「あなたも私には何もかも話してね、隠し事なんかしないでね」

でも、私にだって、誰にも話したくないことはあります。いつかは話す時が来るかもしれない。けれど、今はひとりの胸の中に納めておきたい、なんてことが。

でも、彼女と付き合っていると、そんなふうにしている自分がまるで嘘《うそ》をついているような、裏切っているような、申し訳ない気持ちになってしまうのです。

しばらくたってからのことでした。彼女は恋人と別れることになりました。

その淋《さび》しさもあったのでしょう。電話はほとんど毎日となりました。その電話も思い切り暗く、時間も夜中の二時三時です。もちろん私は付き合いました。彼女の落ち込む気持ちはよくわかります。私だって経験はあるのだから。少しでも彼女の助けになればと思いました。

でも……。

ある晩、いつものように彼女から電話があった時です。午前二時過ぎだったと思います。私は少し風邪気味で、その上、明日は早めの仕事がありました。彼女のいつもの電話を受けた時から、何だか少しイライラしていました。だからかもしれません。延々と続く彼女の話を聞いていて、ふっと言ってしまったのです。

「私はあなたの日記帳じゃないのよ」

「え……」

「そういうことは、こっそり日記にでも書いておけばいいじゃない」

その後、気まずくなってしまったのは言うまでもありません。彼女はきっと私のことを、なんて冷たいんだろうと思ったことでしょう。

私も言った後、自己嫌悪《けんお》に陥りました。私は友達がいのない奴《やつ》だって。でも、私も限界だったのです。

女同士の友情は、とかく皮膚感覚で付き合いがちです。彼女のように、何でも話さなければ気が済まない。何でも知ってなければ許せない。もっと極端になると、趣味も、考え方も、環境も、仕事も、恋人の有無も同じでなければ、友達にはなれないというのもあります。

でも、それは友達でも何でもありません。早い話が「同じ」ということで安心感を得るためだけの相手です。悪い言い方をしてしまえば、傷の舐《な》めあいをしているようなものです。

親しき仲にも礼儀あり。

って諺《ことわざ》がありますよね。今なら私、よくわかります。

心を許せる友達なら迷惑をかけてもいいんだ、なんていうのはルール違反です。大切にしたい友達なら、いえ、だからこそ、相手に負担をかけ過ぎないこと。それは他人行儀というのとは全然違います。大切なものにはいつだって思いやる心が必要なのです。

早い話、距離感、でしょうか。それをうまくとれない人は、近づきすぎて相手を傷つけたり、遠ざかりすぎて繋《つな》ぐ糸が切れてしまったりするのです。

そう言えば、「私、女の友達がいないの」と言う女性がいました。本人はその理由がわからないようでしたが、私は彼女を見てると、「だろうな」と思ってました。だって彼女にとって女の友達とは、ひとりで退屈な時に会う相手、頼みごとができる相手、八つ当りしたり愚痴をこぼしたりできる相手、そういった感じでしかないのです。

自分がしてもらうばかりで、相手には何もしてあげません。当然のことながら、すぐに友達は離れてゆきます。すると淋しくなって新しい友達が欲しくなる。知り合った女性に連絡を取る。そして、その時は必ずと言っていいほど、前の友達の悪口から始まるのです。

悪口は結構盛り上がる話題です。最初は相手も面白く聞くでしょう。でも、すぐにうんざりしてしまいます。結局、そうやってまた新しい友達も離れてゆくことになるのです。こんなことを繰り返していても、友達なんてできるはずがありません。

友達関係は、いえ人間関係と言ってもいいでしょうが、フィフティ・フィフティが原則です。持ちつ持たれつ。お互い様。

特に、約束や貸し借りなどについては、きちんと守るということが大切です。そういった細かい心遣いが、友情の根っこみたいなものをがっちり支えてくれるんだと思います。

前に、ある女性がこんなことを言っているのを聞きました。

「もし、恋人と友達と、約束が重なってしまったら、私はきっと恋人の方を選ぶと思う。でもそれは、友達をないがしろにしているわけじゃないの。むしろ、友達の方を信頼してるからこそできるの」

何だか、笑っちゃいました。

なるほど、その通りだなあって。

素敵な恋人も欲しいけれど、素敵な友達も絶対に欲しい。

一緒にいると、元気が出て、楽しくなって、また明日も頑張るぞ、というパワーを与えてくれるような友達が。

そして私自身が、誰かにそれを与えられるような友達になりたいと思っています。

嫉妬《しっと》に振り回されてませんか？

嫉妬《しっと》、という文字にあなたはどんなイメージを持ちますか？

やっぱり恋愛がらみでしょうか。

当然のことながら、恋愛は嫉妬との戦いです。私が惚《ほ》れたくらいの男なのだから、他の女が放っておくわけがない、なんて思い込みにはまって、出現して来る女たちについ嫉妬してしまう。

それもまた恋の醍醐味《だいごみ》というものでしょう。

でも、川柳に「女房の、妬《や》くほど亭主、もてはせず」というのがあります。

なるほど。嫉妬もほどほどにしておかないと、自分がいちばん恥をかくことになるかもしれません。

嫉妬は恋のスパイスとしてはなかなか重要な役割を持っています。やきもち、なんて呼ばれるものは、されると結構、嬉《うれ》しいもの。男の方も「おっ、あいつ、そんなに俺に惚れてるのか。可愛《かわい》いやつ」ということで、ますます恋が深まることにもなるでしょう。

けれど、嫉妬はやはりここまでに留めておくべきです。何事も過ぎたるは及ばざるがごとし、です。

それで取り返しのつかない失敗をした知り合いの話をしましょうか。

彼女、裕子は社内恋愛をしていました。彼、宮田くんは営業、裕子は総務なのでいつも顔を合わせているわけではありませんが、やはり情報は色々と入って来ます。

ある時、彼のアシスタントにとっても可愛い女の子がつきました。年はまだ二十歳。裕子より六歳も年下です。彼女を一目見た時から、何やら嫌な予感がしました。かなりイケてる女の子だったからです。

周りからの情報は、不安をかきたてられるものばかりでした。

「昨日、ふたりっきりで遅くまで残業してたわよ」とか。

「休日の接待ゴルフに、彼は彼女も連れて行ったみたい」とか。

裕子は彼に本気なだけに、時々「あんまり仲良くしないでね」などとチクリと言うのですが、彼は「バーカ、変な気回すなよ」と笑うばかり。その言葉を信じようとは思うのだけど、やっぱり気になってしまう。何しろ相手は二十歳の女。近ごろの若い奴《やつ》は、人の彼に手を出すことぐらいへとも思わない人種だもの。

だから、どうしても彼女に対して批判的になってしまうわけです。給湯室やロッカーで、OL仲間たちについ「あの子って、可愛い顔して何考えてるのかわからないとこあるわよね」とか「ああいうタイプの子が、意外と援助交際なんか平気でやっちゃってたりして」なんて言ってしまう。

まあ裕子にとっては単なる憂《う》さ晴らし程度のものだったのですが……。

それからひと月くらいたって、突然、裕子は上司に呼び出しをくらいました。何事かと出掛けてみると、そこに泣いている彼女が。その前で、裕子は上司からこんなことを言われたのです。

「実は彼女から相談を受けたんだ。最近、彼女に対しての根拠のない噂話《うわさばなし》や中傷が横行しているってね。どうも出所は君じゃないかと言うんだが、本当のところはどうなんだ」

裕子にしたら「エエッ!」です。

「いえ、私はそんなこと、何にも」

と、答えたものの、心当たりがないわけではないので、言葉につっかえてしまう。ほんの軽い気持ちで口にしたことが、いつか尾鰭《おひれ》がついてオフィス中に広がっていたのです。

彼女は泣きながら言いました。

「仕事に私情を挟むのはやめてください。私、宮田さんとは何でもありませんから」

その後の状況はどうなったか。

まず上司の裕子を見る目が変わりました。こいつは裏のある人間かもしれないって目を向けるようになったのです。

上司は彼にも注意をしました。

「社内恋愛もいいが、そのことでトラブルを起こさないように」

それを言われて彼は裕子に激怒しました。まあ、当然でしょう、男には男の面子《めんつ》ってものがありますからね。

裕子は周りから陰湿な先輩ＯＬと噂され、会社には居づらくなり、やがて、退職することになりました。その上、やはりと言うべきか彼とも終わりになってしまったのです。

本来なら可愛らしいヤキモチで済ませられたものが、こんな後味の悪い結末になってしまうことにもなるのです。結局、裕子は嫉妬に振り回されて、肝心なことが見えなくなってしまったのでしょう。

嫉妬の怖いところはここです。ほんの少しの毒は適度なスパイスになってくれるけれど、塩梅《あんばい》を間違えると命取りにもなりかねない。そこのところをよく考えて、自分の中でうまく嫉妬を使いこなさなければならないのです。

さて一般的に、嫉妬深いのは女の方と思われがちです。何しろ、字にふたつとも女へんがついてますからね。でも、男の嫉妬の怖さもよく知っておいた方がいいでしょう。

その怖さの中には「力」というものがあります。私、女の嫉妬は怨念《おんねん》だと思うんです。それもそれで怖いけれど、男の場合、狂暴さにつながる時があります。ストーカーもあります。何もそれは男だけではないけれど、「力」が強い分、恐怖もまた強くなります。

最近、男が嫉妬に狂って女を刺す、なんてニュースをよく耳にしませんか？　女の嫉妬の場合は、相手の女に向くのが多いけれど、男の嫉妬はストレートに自分の女に来ます。

こんな状況に陥らないためにも、そこまで相手の男に嫉妬という感情をかきたてないようにする必要があるでしょう。

その方法はどれとは断定できないけれど、ひとつだけあるとしたら、どんな場合でも、男の自尊心を傷つけないことではないかと思ってます。

自尊心とは、すごく大雑把に言ってしまえば、人格と性。

そこを傷つけられた時、人は思いもかけない自分が顔を出してしまいます。特に男は想像以上にデリケートな生きものだけに要注意です。

さて、恋に絡《から》まない嫉妬というのも、これでとてもやっかいな代物《しろもの》です。たとえば仕事。たとえば同じ夢を持ってる、とか。

最近はそうでもないかもしれませんが、男というのは、絶対に女にだけは負けたくない、という傾向がとにかく強い。同じ負けるにしても、男なら許せて、女は許せない、というのがあったりするわけです。

　これもまた面倒です。ここだけの話ですが、つまりそれだけ男が幼稚ってことなんです。お山の大将になりたいだけ。となると、子供相手に本気で怒ってもしょうがないので、適度にいい気持ちにさせてやりましょう。「まぐれなんです」「〇〇さんのおかげです」ぐらいのリップサービスをしてあげることも、時には必要です。

　これが女同士の場合、男が絡まないということは、つまり女の部分が必要ないってことになるわけで、もろ、本質的な人間の勝負になってしまいますからね。

　ある女流画家が言っていました。

「私がここまで来れたのは、才能じゃない。負けたくないライバルがいたからです」

　ライバルに対する嫉妬心が、結局、自分の養分になったということでしょう。

　これはうまく嫉妬を自分の成長のために転化することができたということです。

嫉妬をただの嫉妬で終わらせず、そういった形に持っていけてこそ、本気で嫉妬する価値もあったというものです。

嫉妬というのは、これでかなりエネルギーを消耗する感情です。どうせ消耗するなら、何らかの形で自分の糧《かて》にしたいじゃないですか。ただ悔しい、憎い、ちくしょー、だけじゃ自分をすり減らしてしまうだけですから。

嫉妬は悪い感情じゃありません。だから持つことも持たれることも怖れることはありません。

かつて私はある女性からこう言われました。

「私、今、あなたにちょっと嫉妬してる」

すごくドキッとしましたが、何だか妙に嬉《うれ》しかったのも事実です。

それはある意味で、最大のほめ言葉でもあるからです。

結婚すれば幸福になれますか？

結婚を考える時、今はもう、適齢期のうちに貰《もら》ってもらう方が可愛《かわい》い、とか、老後に安定した生活ができる、なんて幼稚な幻想に惑わされている女性はほとんどいないでしょう。

「何が何でも結婚しなければならないとは思わないけれど、これぞというパートナーが現われたら結婚したい」

こういった感じでしょうか。

これはとても自然なことだと思います。

また、これが結婚というものの基本の在り方なのだと思います。

でも、本音の所はどうなんでしょう。

頭では、相手あってこその結婚、とわかっていても、つい結婚ばかりが先に立ってしまう、というところも、まだどこかにあるのではないでしょうか。

自分の将来に不安を抱いていたり、打ち込めるものがなかったり、仕事に不満があったり、友達が続々と結婚していったり、そんな時、何やら「結婚」という二文字が特別に輝いて見えたりするんですよね。

どうしてそうなってしまうんだろう。

先日、知り合いの女性と話していた時に、こんな話を聞きました。

彼女は二十代後半。仕事にも慣れ、それなりに充実した毎日を送っています。

それなのに、いや、それだからなのかもしれません。最近やたら結婚のことを考えるようになったというのです。

それについて、彼女は自分なりに分析したようです。

「私はね、小さい時からいろんな区切りをつけながら大きくなって来たと思うのね。たとえば中学の時は、高校に合格すること、高校の時は大学に合格すること。大学に入ったら今度は就職することっていうふうに。いつも何かしら目的があって、そこをクリアすれば今までの生活に区切りがついて、新しい生活が始まるって感じだった。

けれど就職してから、その区切りがまったくなくなってしまったの。毎日っても のが、この先ずっと続いてゆくだけ。そう、ずーっと、死ぬまで。今までみたいに何年かたてば卒業して一区切り、なんてものはないんだもの。私、それが不安なのよ。人生っていうだだっぴろい平原にひとりで放り出されたみたいな気になって。

そんな中で、結婚はやっぱり心強い区切りになってくれると思うの。今から新しい生活が始まるんだって、わかりやすいでしょう。それに結婚すれば子供を産むって区切りもあったり、その子供の成長がまた自分のひとつの区切りにもなったりするじゃない。

私、結局、人生にいろんな区切りが欲しいんだと思う。自分はここまで来たっていう。だから、やっぱり結婚したい」

彼女の話を聞いていて、なるほどなぁって思ってしまいました。

確かに、若い頃はある年月がたつと区切りが来て、新たな環境が待っていました。抵抗する気持ちもあったかもしれないけれど、それも含めて、確実に、ひとつひとつを終えて来たという実感が得られたと思います。

でも、社会に出る、という最後の区切りを突破した後、次に何を目標にすればいいのかわからなくなってしまうのです。

最初は、仕事を覚えるので精一杯、夢中で時を過ごすと思います。でも、ある程度キャリアも積んで、一息つく頃になると、このまま延々とこの生活が続くのかという、あまりにも漠然とした未来に、途方に暮れたような気持ちになってしまうのも、わからないではありません。

そういった中で、結婚は確かに人生のひとつの区切りになってくれます。区切りがあるから、力をためて、また新たな気持ちで、よーし頑張るぞ、という気分にもなれるのでしょう。

私、結婚はとても素敵なことだと思います。

だからこそ、たくさんの人がそれを選んでるんだと思います。

結婚という制度にはいろいろ問題もありますが、そこのところもちゃんと理解し合える相手を見つけて、どんどん結婚すればいいと思ってます。

ただ、結婚したら必ず幸福になれるか、ということになると、それはまた別問題です。

前にテレビで女性タレントが、テレビリポーターに取材を受けていたのを思い出しました。

確か、豪邸を建てた時のインタビューでした。お決まりの質問で、

「こんなりっぱな家を建てたんですから、後は結婚だけですね。家族のみなさんも、早く幸せになってもらいたいと思ってらっしゃるんじゃないですか」

すると、彼女はこう言ったのです。

「結婚したら、本当に幸せになれるのかしら。だったらどうして、あんなにたくさんの人が離婚しているんでしょうね」

何だか、そのセリフ、とても素直な疑問に聞こえてしまいました。

私の友人たちも、ほとんど結婚しています。

その中には、離婚してしまったカップルもあります。あの時、あんなに大恋愛だったのに、離婚の時は泥沼状態。

ふたりが新婚の頃、遊びに行ったら、それはもうこっちが気恥ずかしくなるくらいラブラブだったのに。いったいあれは何だったの。どうしてこんなに憎しみ合うことになってしまったの。

誰でも幸せになりたいと思うし、幸せになる義務も権利もあります。

ただ、幸せはいろんな形をしているのです。そしてまた、その瞬間は幸せでも、それと同じことが永遠に幸せだと思えるとは限らないのです。人間はナマモノ、幸せだってナマモノ、それらはいつも微妙に姿を変えてゆくのです。

人は誰しも幸せになりたいと望むけれど、完璧《かんぺき》な幸せなんてありません。すべてのことに光と影があるように、幸福と不幸もまた一対なのです。幸せになりたいと望むなら、不幸の部分もひと抱えにしようぐらいの太っ腹な気持ちも必要でしょう。

たとえば、結婚にはさまざまな衝突が起こります。恋愛してる最中とか、新婚ほやほやの時には見えなかったことが、何年かたつうちに必ず見えて来ます。考えてみれば、もともと別の人格なんですから、ぶつかって当然です。

また、結婚しないという生き方も、余計な人間関係に煩《わずら》わされることなく、自分の思った通りの人生を生きられるという幸福があるでしょうが、孤独はつきものです。

そういった陰の部分も、ちゃんと自分で引き受けられることが必要です。それができる人が、幸せってものを手に入れられるのでしょう。

若い頃、私は男の人にこう言われるのが夢でした。

「結婚したら、君を幸せにするよ」

それを言われると、これで間違いないんだ、私は必ず幸せになれるんだ、と、確信した気持ちでいられたのです。

でも、今はそんなことを考えていた自分が恥ずかしい。誰かから貰う幸せなんて、どんな価値があるというのでしょう。

自分の幸せは、自分の手で作る。

自分の手で摑《つか》み取る。

結婚というのは、人が幸せになるためのひとつの方法です。

結婚するのが幸福なのではなく、また、結婚しないのが幸福なのでもなく、自分が幸福になる手段として、すべての生き方を選んでゆけばいいのです。

II

顔は変わります。

本当です。顔は作られていくものなのです。

これを読んでいるみなさんはまだ若いし、

いろいろ美醜で悩むことがあるかもしれません。

でも、人生は長いのです。

何年後、いえ何十年後、

女の勝負は目先のことだけでなく一生をかけてつけるのです。

仕事についてどう考えていますか？

仕事って何だろう。

と、改めて考えてみると、本当にいったい何だろうってわからなくなってしまいました。

それで辞書を引いてみると、

「する事、しなくてはならない事」

なんて書いてあります。

簡潔でいいけど、簡潔過ぎて、知りたいことは何も書いてありません。ますますわからなくなって来ます。

世の中には仕事が大好きな人もいます。

イヤイヤやってる人もいます。

これを勉強と重ねてみたら、わかりやすいかもしれません。

勉強が大好きな人もいます。

イヤイヤやってる人もいます。

英語は好きだけど、数学は嫌いって人もいるでしょう。これは見積もりを作るのは好きだけど、ワープロで書類作成は嫌い、というのと同じかもしれません。勉強は嫌いだけど学校が好き、という人もいるでしょう。これは仕事は嫌いだけど会社は好きってことでしょうか。

確かに、共通点がたくさんあるみたいです。でも、大きな違いがひとつあります。それは勉強はお金を払ってするものだけど、仕事はお金を貰《もら》うってことです。

そうです。仕事というのは自分の労力を提供し、その報酬を受けることです。

ここが基本でしょうか。

そして、それを基にして、自分がどの位置にいるのか、ちょっと考えてみましょう。するとこの四つの中にだいたい収まるのではないでしょうか。
1　お給料も満足、仕事にもやりがいがある……これは文句なしです。

2　お給料は不満だけど、仕事にはやりがいがある……これもまあ、よしとしましょう。
3　お給料は満足だけど、仕事にやりがいがない……すこし考えなくては。
4　お給料も不満、仕事にもやりがいがない……これはかなり考えなくては。

何をどう考えるのか、何をどうすればいいのか、なんてことを書く前に、とりあえず私のOL時代のことを聞いてくれませんか。

二十代、私はずっとOLをしていました。

地方銀行のコンピュータールームにいたのです。カタカナがつくとかっこいい仕事のように思う方もいるかもしれないけれど、内容的には男性社員のアシスタント兼雑用です。総合職なんてとんでもない。お茶くみにコピー取り、果ては煙草《たばこ》のおつかいまでさせられた正真正銘のOLです。

一年ぐらいは楽しかった。新入社員ということでちやほやされもしたし、仕事というものがめずらしかったということもありましたから。問題はその後です。

それなりに仕事に燃えて入社したはずなのに、慣れてしまうと退屈でなりません。毎日、同じことの繰り返し。別段、私でなくちゃ、というような仕事があるわけでもありません。いつまでたってもアシスタント兼雑用係。わくわくどきどきするようなこともなく、刺激のない日常がそこにあるだけです。

やがて、私は仕事に対する意欲を失っていきました。就業時間内に言われたことだけやっていればいいじゃない。それでお給料が貰えるなら、適当に過ごそうって。

その頃、私の頭の中を占めるのは、なんといっても恋愛でした。彼とのデートのためなら、言い訳を作って残業から逃げだします。表面上は一生懸命やってます、と装《よそお》っていても、本質的なところでは「恋愛さえうまくいっていれば、仕事なんてどうでもいい」と、思っていました。

所詮《しょせん》、OLの私。どうせどんなに頑張ったって、出世できるわけではありません。お茶くみやコピー取りにやりがいを見いだせっていったって無理ってものでしょう。だから、ある程度の年齢が来たら、とっとと結婚退職するつもりでいました。

ある日、上司と世間話をしていました。話の内容はすっかり忘れてしまいましたが、今どきのOLについてに話題が移りました。

話のわかる上司だったので、気楽な気分でいた私は、つい本音を口にしてしまったのです。

「何かあったら、私はいつでも辞めるつもりでいますから」

その時、上司の顔がふっと変わりました。

「そんなだから、大切な仕事を任せられないんだ」

しまった、と思ったと同時に、私はかなりショックを受けていました。

私は、自分が意欲を燃やせないのは、所詮つまらない雑用ばかりさせられるから、と思ってたわけです。でも上司にしたら、意欲のない奴《やつ》に大事な仕事は任せられない、と思ってたわけです。この矛盾。私がすべてを人のせいにしている間に、自分で自分の首をしめるようなことになっていたわけです。そこに初めて気がついたのです。

仕事というのは、そこに楽しいことがあるのではありません。その中から楽しさを見つけだすのです。

やりがいだって同じこと。受け身の気分でそれを欲しがっても、手に入るものではないのです。だってお客さんじゃないんだもの。お金を払ってるならそれで怒ることができても、貰ってるんですからね。欲しいなら、自分から探すしかないのです。

いろんな人の話を聞いても、仕事はお金を得る手段、と割り切っている人が多いようです。割り切るのは悪いことではないし、何も仕事とやりがいが一致していなければいけないってこともありません。仕事でお金を得て、そのお金でやりがいのあることをするっていうのもひとつの手です。

でも、どうせ仕事をするなら楽しみたいじゃないですか。イヤイヤやってるっていうのは精神衛生上よくない。そんな気持ちで仕事をしていたら、周りだって迷惑ってもんです。

それにお金を貰っている以上、責任というものもあるはずです。割り切るということと、だから仕事などどうでもいい、というのとは全然違います。

そのことに気づいた時から、私は少し仕事に対する認識が変わったように思います。

一日八時間以上、仕事をしているのです。眠っている時間を考えたら、一日の半分は仕事をしているのです。どうせなら楽しまなくては。でなきゃ損です。

「仕事がつまらない」とボヤく前に「じゃあ楽しくする方法は？」と考えることに、今度は頭を使ってみませんか。それだけで十分に、今までとは違った気持ちで会社に行けるようになるんじゃないかなって気がします。

私は結局、ずっと仕事をしています。仕事そのものは変わりましたけど。まあシングルなので、自分の食い扶持《ぶち》は自分で稼ぐしかありませんから。超財産家の親がいるってわけでもないし。でも、たとえそんな親がいたとしても、仕事は続けるでしょう。

若い頃は専業主婦に憧《あこが》れたりしたこともありましたが、今はどうしてそんなことを考えたのかって不思議に思います。ひと言で言えば、ラクしたかったのでしょうね。でも、ラクするってことがイコール楽しめるとは限らないってこともわかるようになりました。

時々、結婚を控えた女性から「仕事を辞めようか迷ってる」という相談を受けます。

いろんな事情があるので、簡単には言えませんが、私は基本的に続けるべきだと思っています。

だいたい、どっちかなんて選ぶ方がおかしいんです。欲張りになっていいんです。仕事か結婚か、ではなく、仕事も結婚も。その上、趣味も遊びもみんな手にしてください。

人生は一回きり。

どうせなら思いっ切り中身の詰まった人生を送りたいじゃないですか。

仕事なんかしたくないなんて、贅沢《ぜいたく》なことを言ってると、超氷河期を頑張ってる求職者の方々に、ケリを入れられてしまいますよ。

ひとりになる勇気、ありますか？

この年になって言うのは恥ずかしいのだけれど、私は三人きょうだいの末っ子で、両親が年をとってからの子供だったということもあり、かなり甘ったれなところがあります。

中学に入るまでずっと両親と一緒に寝ていたし、学校から帰って母がいなかったりすると、すごく不安でした。もしかしたら両親が私を置いていなくなってしまうんじゃないか、なんて思ったりして。

そんな私も少しずつ大きくなって、やがて意志を持つようになり、反抗期が来たり、自分だけの秘密が増えたりして、いつか、両親を疎《うと》ましく思うようになっていました。もう両親に甘えるという感覚も消えていて、もっと大切に思えるもの、たとえば友達とか恋人とか、そちらにばかり目が向くようになっていました。

その頃から、私は両親に対して、いつもこんな気持ちでいたような気がします。

「私のことは放っておいてよ」

帰りが遅くなって「どこ行ってたの?」と訊《き》かれたり「今の電話、誰?」「今日はどこに行くの?」「その服、どこで買ったの?」なんて言われるのがうざったくてたまりません。「ああ、もう、親なんかいらない」と、とにかく、親から離れたくてしょうがありませんでした。

でも、その一方で、私は親に甘えるだけ甘えていました。

朝食も夕食も、作るのは母親です。私はそれを食べるだけ。時には後片付けもしましたが、何のかんのと言って知らんぷりをするのもしばしば。お風呂《ふろ》だってすでに沸かしてあるのに入り、観《み》たいテレビがある時はこっちの都合で遅らせたり。

そんな状態は長く続き、実際、OL三年目ぐらいまではお弁当もよく作ってもらっていたし、家にはお金も入れていませんでした。

私は両親を疎ましく思いながら、都合のいい所は完璧《かんぺき》に甘えていたのです。そして、そのことに自分が少しも気づいていなかったのです。

実は私は三十歳まで親と一緒に暮らしていました。進学も就職も自宅から通える範囲だったこと、ずっとシングルであったこと、などの理由もあって、外に出るチャンスがなかなかなかなかったのです。

と、いうのは、実は言い訳です。

私はひとりになる勇気がなかったのです。

三十歳と言えば、もうりっぱな大人です。でも、私は精神的にも経済的にも子供のままでした。頭の中では、大人になったような気がしていましたが、都合が悪くなるとすぐ子供に変身し、両親に甘え、頼り切っていたのです。

三十歳を過ぎ、私は初めて一人暮らしを始めました。その時は両親の近くだったので、独立したという気にはなれませんでしたが、やがて地元を離れ、東京で暮らすことになりました。

最初はもう、これぞ自由！　って感じでのびのびした気分でした。

でも、ひとりで食べるごはん。寝過ごしても誰も起こしてくれません。テレビを見てて可笑《おか》しい時「ねっねっ」という相手もいません。熱を出しても、おかゆがすっと出てくるなんてこともないのです。

確かに、遅く帰っても叱《しか》られないし、好きな時にお風呂にも入れるし、部屋が散らかっていても文句は言われない。けれど、それらと引き替えにしても大きなおつりが来るほどの安らぎを、両親から貰《もら》っていたのだということに、その時、私は初めて気がついたのです。

今、一卵性母娘といって、べったりといっていいほど仲のいい母親と娘もいます。父親に理想の男性像を重ねている娘もいます。それは親娘にとって、とても快適な状態なのでしょう。甘える娘に、甘えられることが嬉《うれ》しい親。

けれど、それがあまりに極端に走ってしまうと「娘」である自分が快適過ぎて、それ以外の自分になることを無意識のうちに拒否してしまうことになってしまうのではないでしょうか。

娘でいられるのは親の前だけです。外に出れば、いろんな自分にならなければなりません。

時には、理不尽と思えるようなことにも頭を下げなくちゃならない時もある。こっちが甘えさせてあげなければならないことも。そういったバランスを取ることができる程度の、親娘関係であれたらと思います。

でないと、結婚しても母親べったりになり過ぎて、実家に入り浸った末に離婚とか、父親と較《くら》べられ過ぎて夫や恋人の方が自信をなくしてしまうとか、いろいろ面倒な問題が起きてしまいそうな気がします。

もちろん、これは娘側だけでなく、親側にも大きな問題を抱えている結果、こういうことになるのでしょうけど。

思うに、両親と一緒にいる時は、どれだけ年をとろうと「娘」としての自分から抜け出すことはなかなかできません。けれど今はそうでも、いつかはお互いを「ひとりの人間」として、対等な付き合いができるようにならなくてはなりません。でなければ、親も娘も、本当の意味での独立ができません。

そういう意味でも、両親と物理的な距離を置くことは、ひとつの方法だと思います。

家を出ろ、と勧める気持ちはないのですが、同居するなら、意識して精神的に距離を置くことも必要でしょう。

そういったスタンスが、自分を大人にしてくれ、今度は、今まで甘えさせてもらった分だけ甘えさせてあげよう、ぐらいの娘になれるんだと思います。

さて、両親とぶつかることはたくさんあると思います。その中でも、結婚に関しての衝突は、かなり深刻なものがあるでしょう。

結婚を反対される。

今どきそんな、と思われる方もいらっしゃるかもしれませんが、これは永遠の問題でもあるようです。今までとても仲がよかった親娘であったらなおさらに。

私の知り合いもそのひとり。結婚したい人がいるんですが、両親は許してくれません。

理由はいろいろです。学歴のこと、会社のランク、家柄、なんだかんだとケチをつけるのです。でも、彼はとてもいい人だから、会ったらきっとうまく行くと思って、両親に紹介しました。これが、もっとこじれてしまうことになりました。

「いい人なんじゃやない。頼りないだけだ。あんな男におまえを任せられない」

ということになってしまったのです。

それでも彼女は彼とどうしても結婚したくて、ついに家を出る決心をしました。

それを知った親は、こう言ったのです。

「おまえは親を捨てるのか」

それを聞くと、彼女の決心も鈍ります。本当にこれでいいのだろうかって。

でも、親の反対を押し切って結婚するのは、決して親を捨てることではありません。

人は誰しも幸福になりたいという願望があります。それはDNAの中に組み込まれた自然の法則です。そして親も、子供に幸福になってもらいたいという本能があるわけです。

でも、娘の幸福は娘が感じるものであって、親の物差しでは計ることはできません。時には、親もまだ子供みたいな所があって、自分の幸福のために娘をそばに置いておきたいと望む場合もあるでしょう。

自分の思う通りにすればいいんです。

子供は親を踏み台にして生きてゆくのです。それが進化というものです。

親の方だって、本当はそのことがよくわかっているのです。自分だって、子供であった時があるのだから。

その代わり、確実に幸福になること。それだけが、娘にできる親への恩返しでしょう。

娘が幸福でいてさえくれれば、親だって幸福です。悲しいような、嬉しいような、それがきっと親というものなのでしょう。

男の親友、いますか？

さて、ここでもアンケートをひとつ披露しましょう。

男と女の友情について、です。

実は、このアンケートにはちょっとしたエピソードがありました。同じ質問を、聞き方を変えて、二度行なったのがあるのです。

最初はとてもシンプルに、「彼に女の親友がいても許せますか？」でした。

すると答えの大半は「許せる」と返って来ました。

その結果を受け取った時、みんな物分かりがいいなぁ、と感心しながらも、異性の親友というものをどの程度のものとして受けとめているのかな、と疑問に思いました。それでもう一度行なったわけです。

「彼に、あなたにも言わない秘密を打ち明けるような女の親友がいたら許せますか」

その集計の結果は、すっかり逆転してしまいました。

「許せない！」

なぜ許せないのか、という理由には、こんな答えが多数を占めていました。

「私が彼にとっての親友でいたいから」

わかります、その気持ち。恋人という立場だけでなく親友としても彼と向き合っていたい。それは理想の関係というものでしょう。

けれど、恋人と親友は、決定的に違うものがあります。

もしかして今、ベッドに入るか入らないかの違い、と思いましたか？

いいえ、そうじゃありません。

親友は対等であるということです。

気持ちの上ではもちろん、金銭的なことも言えます。会って、男の方にいつもお金を出させたり、プレゼントをもらったりするのは、親友の関係とは言えません。甘えてばかり頼ってばかり、というのももちろんです。

恋っていうのは、理不尽なことでも許してしまうでしょう。たとえば、相手が時間は守らない、貸したお金は返さない、自分勝手、いい加減な奴《やつ》、なんて悪条件ばかりだとしても好きになってしまう。でも、親友にそれはないじゃないですか。そんな奴（たとえ相手が男であろうと女であろうと）、友達として信用できないってことになりますから。

だから、条件としては、恋人よりも親友である方がずっと厳しくなるわけです。そう思うと、私は彼が浮気した相手より、すごく親しい女の親友の方に嫉妬《しっと》してしまいそうな気がします。相手と同じ土俵に上がれるなら、戦うこともできますが、自分とはまったく立場の違う女性の存在って、もっと脅威に感じたりしませんか。

「おまえのことは好きだけど、あいつのことは信頼してる」

なんて言われたら、きっと混乱して、絶対に離れさせるか、彼女と思い切り仲良くなって、彼より自分の親友にしてしまうかもしれません。

私は頭の中では、男と女の友情は成立すると思っています。性の違いなど関係なく、心から信頼できて、一生付き合ってゆける友達もいるはずです。

が、果たして本当に自分にそれができるかと言うと、自信はあまりありません。

私の場合、まず生理的に好きになれない男とは、友達になれません。それは恋愛と同じです。つまり恋人も親友も、生理的に好きな相手ということは、その時点においてて第一段階をクリアしたということです。

それは早い話、どこでどう変化するかわからないということでもあります。つまり男と女の性の違いは、いつだって恋愛の形に変化する可能性を孕《はら》んでいるということです。

同じ親友であっても、やはり女の親友とは微妙に形が違っているんですよね。そこのところを、きちんと区別できるようになったら、私にもきっと男の親友ができるのでしょう。

さて、時折、恋が終わった後も、友情だけが残って付き合いが続いてゆくってことも聞きます。

「私の男の親友は、実を言うと、前の彼。時々Hもしちゃいます。でもお互いに恋人の相談に乗ったりして、とってもいい関係が続いています」

悪くないわね、そういうのも。

と思いつつ、これは、本人も気づいてないかもしれないけれど、とても危うい部分を含んでいるような気がします。

　ベッドに入る入らないは別としても、親友として付き合ってゆけるのは、今、女性の方も恋がうまくいってるからこそ保たれるのではないでしょうか。

　もし、自分に恋人がいなくなっても、今まで通り平気で彼と友達として付き合ってゆけるでしょうか。恋人とのノロケを黙って聞いてあげられるでしょうか。

　私にはたぶんできないでしょう。きっと嫉妬してしまいそうな気がします。私みたいな心の狭い人間には、このパターンは到底無理みたいです。

　いえ、だいたいが、別れた恋人と親友になるってことが、そもそも奇跡のようなものなのです。

　恋愛における別れって、どうしても、どちらかがどちらかに無理を通すもの。さもなくば、お互いに顔も見たくない状況に陥ってしまうもの。それはもう、ただの顔見知りより遠い存在になってしまうわけです。そんな相手とどうして親友になれるでしょう。

　もし、そんな関係が残ったとしたら、片方が親友と思っていても、片方は未練なのにそれをうまくごまかしているのでは、と勘繰ってしまいます。

もちろん、これも私の場合は、ということで、「私はうまくやってるわ」という女性も多々いるのでしょうけど。ま、うまくやってください。

さて、最後にある知り合いの女性の話をしましょう。

彼女はひとりの男性と巡り会い、その人をとても大切に思うようになりました。仕事の上でも、プライベートでも、この人とは一生付き合ってゆきたいと考えるほどでした。

それは、限りなく恋愛に近い気持ちでした。一歩踏みだせば、そうなれたかもしれません。

彼女は大いに迷いました。

この関係を恋愛に持ち込むべきか。それとも、友情にとどめておくべきか。

結局、彼女の選んだのは、友情の方でした。

「それでいいの？」

尋ねると、彼女はしっかりと頷《うなず》きました。

「そりゃ、つらいわよ。でも私ね、本当に、真剣に、女としてではなく、ひとりの人間として、この人と一生付き合ってゆきたいと思ったの。だからこそ、恋の方は諦《あきら》めたの」

少し綺麗事過《きれいごと》ぎるかもしれません。好きなら、友情の段階でとどめておくなんてことできない。とことんいっちゃう。それも確かにあるでしょう。

でも、私は彼女の気持ちがわかるような気がしました。

男と女の関係が、友情の範囲でとどめておけばとても快適なのに、そこに恋愛がからむと、まったく姿を変えてしまうことってあるのです。

もちろん幸福な瞬間もたくさんあるでしょう。でも、多くの場合、恋が終わればもう相手とは二度と会わなくなってしまいます。

彼女は、彼との関係を恋に持ち込んで、それで終わらせたくなかったのです。燃え上がっていつかは消える恋よりも、静かではあるけれど長く深く付き合える友情を選んだというわけです。

そういう決断も、異性の親友を得る時には必要なのかもしれません。

ただし、これだけは言っておきますが、たとえあなたに絶対に恋愛関係にはならない自信がある男の親友がいたとしても、その存在を自分の恋人に言うのだけはやめましょう。

「どうしてよ。そんなことでグチグチ言う男なんか、恋人にしたくない」

と、言いたい気持ちもわかりますが、わざわざ余計な波風を立たせることはないでしょう。

それにしても私は、私にものすごく親しい男友達がいるのに、そのことにまるっきり嫉妬しない恋人がいたら、きっとすごく悲しくなってしまうと思います。

やっぱり美人は得ですか？

もう少し目がぱっちりしてたらなぁって思います。きれいな二重で、睫毛《まつげ》が長かったらって。眉毛《まゆげ》の生え方が上を向いてて、鼻がすっきり高く、口は小さくぽってりした感じ。顎先《あごさき》がすっと尖《とが》ってて顔は小さい。ついでに、鎖骨がくっきりしていて、胸はDカップでウエストは58センチ。ヒップがきゅっと締まってて、足は長く細い。その上、色白でキメの細かい肌があったら。

あーあ、そうしたら、どんなに楽しい人生だったでしょう。

少なくとも、今まで泣いた夜の半分は、笑って過ごせたに違いありません。

人間、顔じゃない、心だ。

なんて、そんな綺麗事《きれいごと》、私にはとても言えません。

美しい方がいいに決まってる。

身も蓋《ふた》もない言い方になるかもしれませんけど、やっぱり言っちゃいます。

美人は得だ！

初めてそれを意識したのは幼稚園の時でした。それまで、私は女の子と男の子の違いもよくわからなかったぐらいで、ましてや、人間に美醜の差がある、なんてことに頭が働きもしませんでした。

ある時、近所にルミちゃんという同い年の女の子が引っ越して来ました。同じ幼稚園だったので、当然のことながら、私たちは一緒に行動することが多くなりました。

おゆうぎの時間、みんなで決まった振り付けをしたのだけれど、幼稚園の先生はルミちゃんのことだけ「天使みたい」と、誉《ほ》めまくります。

どうして、と思いました。同じことをやってるのに、いいえ私の方が一度も間違えず上手に踊ったのに、どうしてルミちゃんは天使で、私は何にも言われないのって。私はじっくりルミちゃんを見ました。そして、初めて気がついたのです。

そうか、ルミちゃんは可愛《かわい》いんだ。

いくらか抵抗しました。私を見て、って自己アピールも。先生に甘えたりもしました。でも駄目なんです。ルミちゃんにはかないません。

可愛いってすごいことなんだ。

その時、幼心に、現実を知ったのです。

それから年をとるにつけ、なおさらに、美人がいかに周りから大切にされるかを知るようになりました。

まず、扱いが違いますからね。それはもう、男たちの美人に対する羨望《せんぼう》というのは計りしれないものがあり、よほどの変人かボーッとした人間でない限り、そういう女性を前にすると浮き足立ってしまうもの。

クラスのマドンナ、コンパの女王、オフィスの花……。その時々に、指をくわえながら美人を眺めて来たように思います。

よく、美人は性格が悪い、みたいな言い方がされますよね。でも、それは真実ではありません（いないとは言わないけれど）。美人はみんなに大切に扱われて来ているので、ひねくれた感情をあまり持っていません。まっすぐに育ってる。だから人に意地悪することもない。だいたい、意地悪というのは嫉妬《しっと》の裏返しでしょう。

美人は嫉妬する必要がありませんからね。だから、いい子が多いんです。むしろ、そうでない子の方が意地悪かも。いろいろと心の内に忸怩《じくじ》たる思いがあるから。ええ、私のように。

だからこそ、美人に対する複雑な思いは長く私に居座っていました。私が秘《ひそ》かに心を寄せている男が、私の友人の美人に恋している、というパターンを何度経験したことでしょう。あの時の敗北感と来たら、まったくもう、神様を恨んでしまいたくなります。

でも、でもね。

私も年をとり、いろんな美人を見てきて、その行く末も知ったりして、つくづく思うようになりました。

人生ってわからないもんだなぁ。

OL時代、すごい美人だったA子。彼女はたくさんの男たちからプロポーズされていました。その中から、玉の輿《こし》とも呼べる資産家のところにお嫁に行きました。ハンサムで優しくて、それはもうみんなの羨望を一身に集めていました。

ところが数年後、その家の事業が失敗。財産と呼べるものをすべてなくしてしまったのです。

子供を抱えて必死に働くA子。夫は坊っちゃん育ちゆえに働かない。ただのヒモ状態。A子は一気に十歳くらい老《ふ》けてしまい、美人だった頃の面影なんかとてもありません。みんなも「あーあ、あんなになっちゃって」と同情していました。

けれど、話はここで終わらないのです。

ここまでだったら、単純に「ほーら、美人だからって幸福になるとは限らないんだわ」と、納得して終わりだけれど、そうじゃないんです。

私はしばらくして彼女と会う機会がありました。確かに、見た目は男たちにチヤホヤされていた頃のA子とは思えません。お化粧気もなくお洒落《しやれ》とは程遠い格好。けれども、A子は逞《たくま》しく元気でした。

「だって生きていかなきゃならないもの」

と、A子は笑って言いました。苦労のせいか、シミもシワもかなりあります。でも、私はその時「ああ、なんていい顔をしているんだろう」と、感動すら覚えました。

A子はもう、美人と呼べる女性ではないかもしれない。けれど、その先にあるもっと大きなものを手に入れていたのです。

私は昔のA子より、今のA子の方が好きでした。そして、昔の美人のA子にも負けてたけど、今も負けたと思いました。

たくさんの化粧品、洋服に靴やバッグ。身を飾るすべてのもの。

それだって大切です。外見をバカにする気なんかさらさらありません。でも、それだけじゃ駄目なんです。他人の評価に任すつもりはないけれど、そんな薄っぺらなものでは、もう誰も自分に魅力を感じてはくれません。

それが若さから離れてゆけばなおさらに。

A子と会って初めて、自分自身が、ちゃんとそういったものを手に入れなければならない年齢に達したのだということを知ったのでした。

そんなことを言っておきながら、やはりなかなか悟ることはできません。で、ついこんなことを。

一年ほど前なのですが、私は目元にシワを見つけました。笑うとくっきり浮かびます。

それを見つけた時、やっぱりショックでした。年なんだからしょうがないと思いつつ、シワ取りクリームをつけまくりました。

でも、いったんできたシワは消えるものではありません。私は笑うのをためらうようになりました。笑わなければ、シワは目立たないから。

すると友人から「何かイヤなことでもあったの？」と言われたので、理由を話しました。

すると、「バカじゃないの。笑いジワのどこが恥ずかしいの。それだけ幸福だった証拠じゃない」と、言われてしまいました。

何だかその時、パッと霧が晴れた気がしました。これが眉間《みけん》による苦痛のシワだったら悲しいけれど、そうだ、それだけ笑って生きて来られたんだ、これは名誉なんだ。

若い時、美人だって言われたかった。

でも今は、いい顔になったと言われたい。

それはいい生き方をして来た証《あかし》になるから。

顔は変わります。本当です。顔は作られていくものなのです。

これを読んでいるみなさんはまだ若いし、いろいろ美醜で悩むことがあるかもしれません。でも、人生は長いのです。何年後、いえ何十年後、女の勝負は目先のことだけでなく一生をかけてつけるのです。

友人たちが将来、どんな顔になってるか、楽しみにしましょう。

そして、自分がどんな顔になってゆくか、それを考えて生きていかなければ。

彼の浮気を許せますか？

これもまずアンケートを紹介します。

「彼の浮気を許せますか？」という質問には、許せるが63％、許せないが37％。そして「彼にバレなければ、自分も浮気をしていいと思いますか？」の質問には、よくないと思うが43％、バレないならＯＫが57％、という結果になりました。

このアンケートの結果、浮気を認めるという女性がかなり多く存在していることが証明されました。

私はその割り切りに感心しながらも、認める女性たちが、浮気というものをどの程度のものとして捉《とら》えているのかな、という疑問を持ちました。

浮気とは何か。

私という恋人がありながら、他の女に心を動かされる。または、ベッドを共にする。

こういうことでしょうか。それを悪いと決め付けるつもりはありません。人の心は移ろいやすいもの。肉体が心と裏腹な行動を取ってしまうこともあるでしょう。それはわかっているのだけれど、全面的に認めるわけにもいきません。

それは、少し仰々しい言い方になってしまうかもしれませんが、人間性みたいなものにつながってゆくような気がするからです。

このアンケートに答えてくれた女性には、許す理由も書いてもらっていました。今回、私はそれに、少し意地悪を言わせてもらうことにしましょう。

「ゆきずりのたった一度の関係なら仕方ない。男って、そういう生きものだから」

と、言った彼女。

彼はナンパが好きらしく、男同士で飲みに行ったりすると、近くに座った女の子をつい誘い、そういう関係になってしまうとか。

私は言いたい。

あなたの彼に理性はないのか。

ゆきずりで女の子と知り合って、その日のうちにホテルに入ってしまう。まあ、確かにそういうこともあるでしょう。けれど、それを度々やってしまう。つまりそういうことを普通に考えているような男は、私は生理的に好きになれない。

結局は、欲望のままに行動する人間だとしか思えないからです。

それに、そうなってしまった女性の方も、同じタイプなわけでしょう。

あなたにもし、そういう女友達がいたらどうですか。彼女のことを、どんなふうに感じますか。好きになれないんじゃないですか。もっと厳しい言葉で言えば、軽《けい》蔑《べっ》したりしませんか。そして、そんな軽蔑してしまうような女性と彼がベッドに入るのはイヤじゃありませんか。

男は時々「所詮《しょせん》はやるだけの女」みたいなことを言います。けれどそれはつまりその女にとっても彼は「やるだけの男」でしかないわけです。

私は、私の彼が、他人にそんなふうに思われることそのものが我慢できない。同じレベルの人間になって欲しくない。

男とはそういう生きもの、なんてわかったようなことを口にして許してしまう前に、何か彼に伝えるべきことがあるんじゃないかと、私は思うわけです。

また、こういう答えもありました。

「彼の浮気相手は年上で、こういっては何だけどブス。結局は、私をいちばん愛してくれるのがわかってたから、別に気にしない」

でも、でもですよ。

彼はあなたに何と言ったかはわかりませんが、もしかしたらフラれたのは彼の方かもしれません。彼にとって、その間は、あなたがキープの女だったかもしれないわけです。

短い期間にしても、自分よりその人のことが好きだったとも言える。ましてや、その相手が納得のいかないような女性だったら、プライドは傷つきませんか。

そんな女に浮気してたの！

と、私なら怒りもいっそう深くなるような気がします。浮気は基本的にイヤだけど、どうせされるなら「しょうがないな、あの女性なら」と思えるような相手であって欲しいものです。

次に、これはどうでしょう。

「彼の浮気相手は美人でモテモテ女。一時は彼もカッと燃え上がったけれど、結局は戻って来たのだから、私の勝ち」

前のケースとは逆ですね。なるほど、それは気分のいいものがあるかもしれません。

でも、それもどうでしょう。

もし、彼がその女性に、あなたにはプレゼントしたこともないような高価な指輪なんかを贈っていたらどうですか？

いつも疲れたとか、忙しいとか言って、遊びに連れていってくれないのに、その彼女のためには仕事をすっぽかしてでも時間を作っていたとしたらどうですか？

彼が戻って来たのは、ただあなたの方が単に「楽だ」と思ったからかもしれません。自分には似合いだと思っただけかもしれません。

それでも、あなたは彼を許し、以前のように付き合ってゆけますか。

「好きだから、彼が浮気しても、信じて待つしかありません」

と、弱気ながらも、執念で答えた女性もいます。

こんな女性は、彼をいつのまにか浮気男にしてしまうってこともあります。自分を粗末に扱い過ぎです。彼にとって、ただ待ってる女になりさがるつもりですか。

「相手がプロなら仕方ない」

というのもありました。

男にとっての風俗は、女にとってのエステみたいなものだと聞いたことがあります。

気持ちよいことをしたい、というのは私もわからないでもありません。プロと言っても、ひとりの女の子に入れ込むようだと困るけど、これは浮気の範疇《はんちゅう》には入らないのかもしれません。多少のことなら、私も許してもいいような気がします。でも、私の耳には絶対に入れて欲しくはないですけど。

他にもいろいろありましたが、浮気のケースについてはいろいろです。けれど、ケースはどうであろうと、浮気は浮気そのものよりも、その後の彼の対処の仕方によって、ふたりの関係も微妙に変わって来るでしょう。

あなたの元に返って来た時の、彼の態度をじっくり観察しなければ。

それによって、彼の本質が見えて来るはずです。

どちらかというと、私も彼の浮気は許してしまうタイプの人間かもしれません。

でもひとつだけ、こういうのは許せないと思う種類の浮気があります。

それは、相手の女性をひどく傷つける結果を招いた浮気です。

友人の話ですが、彼が浮気をしました。

彼はすぐにその女の子に飽き、彼女の所に戻って来ました。けれど、その相手の女の子のことを知った彼女は、どうしても彼を許せませんでした。その女の子はとても誠実な気持ちで彼を好きになっていたのがわかったからです。

「あんないい女の子に、結局はひどいことをした彼を、男として尊敬できない」

と、彼女は言いました。

彼が自分の所に戻ってくれさえすればいいのではなくて、彼の男としての在り方みたいなものに、彼女は疑問を持ったのです。

こういうことが、最初に書いた、浮気というものも人間性につながるのではないかと思う所以《ゆえん》です。

女性の浮気もバレなければ許されると思っている女性も、アンケートでは結構いました。

浮気は「許すべきだ」とか「許しちゃいけない」とか、どちらかに決められるものではないでしょう。早い話がケースバイケース。

それは実は、彼だけではなく、自分も試されることになるからです。

ただ、最後に。

浮気、というのは、終わった時に初めて使える言葉です。言い方を変えれば、一種の出会いでもあるはずです。

出会いはどんなケースでも、常に、恋の可能性を含んでいるということを忘れてはいけません。

お金になめられていませんか？

お金は大事です。

だって、お金がなければ生きてゆけないんですから。

と、のっけからこう書いてしまうと、身も蓋《ふた》もないかもしれませんが、これは現実だからどうしようもありません。

けれど、お金だけでも生きてゆけない、というのも現実です。

生活はできるかもしれないけれど、すべてをお金を基準にして考え始めると、何かが死んでしまうような気がします。

何かって何だろう。

そこのところを少し考えてみましょうか。

日本人はどうも、お金のことを口にするのが不得意のようです。下品であるとか、はしたないとか思ってしまう傾向があります。

けれど、やっぱりこれは違う。

たとえば、あなたが誰かに労働なり技術なりを提供した時、それに見合う報酬を要求するのは当然のことです。そのことを口にできないというのは、決して美徳でも何でもなくて、大人じゃないんです。それは自分が自分に正しい評価を与えられず、法外な報酬を要求するのと同じだって気がします。

そればかりでなく、たとえば貸したお金を返してもらう時とか、飲み代のワリカンとか、さりげなく、後にしこりが残らないよう、それでいてきっちりすることができるようにならなくてはなりません。

それにはお金になめられないぞって思うことが大切だという気がします。

なめられないためには、まず自分がルーズな付き合いをしないこと。借りたお金を忘れるのは最悪だけど、貸したお金も忘れるようでは、いずれはお金になめられてしまいます。

時折、「私はお金に無頓着《むとんちゃく》に生きてるの。そんなことより大切なものがあるから」

なんて人がいて、そういう人を前にすると、「私、俗世間にまみれきってるのかなあ」と複雑な気持ちになってしまいますが、これもまた誤解を受けたりトラブルが起こりそうな気がします。

お金とは、恋愛的ではなく友情的に付き合ってゆくのがベストでしょう。カッと一時的に燃え上がるのではなく、長く地道に信頼関係を保ってゆくというような。そのためにも、基本的なこと、たとえば約束を守るとか（貸し借りをきちっとするなど）、わがままを言わないとか（無理なローンを組んだりしないなど）、そういう礼儀が必要だなって気がします。

小さい時から長く付き合って来た友人は、みんなそうではありませんか。自分が友人に対してそうでありたいように。

さて、恋にお金がからんだ時、どうなるでしょう。

まずはこの話を聞いてください。

ある友達が付き合っている男から花束をプレゼントされました。それはとても安物の花でした。それを見て友達は「許さない」と言ったのです。私は少々呆《あき》れて、

「値段の問題じゃないでしょう」

と、言うと、彼女はこう答えました。

「そんなことは先刻承知よ。私は何も高い花を贈ってくれって言ってるわけじゃないの。あの男のやり方が見えたのよ。つまり、心はお金じゃ計れないってことを逆手にとって、この程度の花でいいだろうってことなの。わかる？　あの男は私を見《み》縊《くび》ってるのよ」

なるほど。安物の花は、決して値段の問題ではなく、彼の本質を露呈させることになってしまったわけです。

それは私もイヤです。道端に咲いてる花だって、嬉《うれ》しい時は嬉しい。要は気持ち。だからこそ、そういう気持ちを利用するような方法を取られると、相手のコスさがもろに見えてしまうのです。

こんなふうに、お金というのは、恋を盛り上げもするし、台無しにすることもあります。

たとえばデートをするにも、いろいろお金はかかります。それはある程度仕方のないことだけれど、お金がなければデートが楽しめないというようになってはおしまいです。

お金がなくても楽しむには、何より頭を使うこと。方法ならいくらでもあるはずです。そういったデートがちゃんとできるふたりになることが、お金に代えられない何かを手に入れられるんだと思います。

もうひとつ、かなり強烈な話をしてしまいましょう。

ある時、ひとりの女性が結婚まで約束した男に別れ話を持ちかけられました。どうやら、男は他にすごく条件のいい女との結婚話が持ち上がり、今の恋人を切ろうとしているわけです。彼女は別れたくない。そこで彼が出して来たのは手切れ金でした。

さすがに彼女も驚きました。そこまでしても別れたいなんて、と絶望的な気分になったのです。

そして、彼女は彼と別れることに決めたのです。

でも、手切れ金は受け取りませんでした。

「彼との思い出を汚したくなかったから」

と、彼女は言いました。その答えに頷《うなず》きながらも、私は内心、少し違うことを考えていました。受け取ってもよかったんじゃないかなってことです。

こういうこと言うと、みなさんに非難されてしまいそう。でも、その後の彼女の様子を見ていても、やっぱりそんなふうに思ってしまったのです。

彼女は彼と別れてからも、気持ちの整理をつけることができませんでした。ふたりで過ごした蜜月《みつげつ》の時を思い出し、ひたすらすがり、その中で生きようとしているのです。

美しい思い出。確かにそういう時もあったでしょう。どんな男も百パーセントひどい奴はいません。どこかしら優しいとこはあります。けれど、最後に裏切って、違う女のもとへと去って行った男なのです。それも手切れ金まで用意して。そんな男との思い出にすがってどうするのですか。

私が思ったのは、もし彼女があの時、手切れ金を受け取っていたら、思い出に酔うことなどなかっただろうなということです。受け取ったという自分に対する屈辱が、自分自身できっぱりとこの恋に終わりを告げたということにもなるからです。もうきれいな思い出にはできない。壊したのは彼だけでなく、私でもあるのだから。

これはとても荒療治かもしれません。けれど、なまじっか美しい恋物語に仕立てあげようとすると、もっと苦しい目にあわなくてはいけないような気もします。

お金を受け取ることは、プライドの問題になってきます。プライドが許さないなら、受け取る必要はありません。そのプライドが、心の傷もきっと癒《いや》してくれるから。

けれど、プライドも何もかも捨てて、どん底にまで行かなければ戻れない時もあるのです。

ひとつの恋を、美しく心に残す努力ももちろん必要だけれども、もしかしたら、とことん泥にまみれることも必要なのではないのかと思います。

まだ、私は手切れ金をもらったことはないけれど、もしこれから先、そういうことがあったら受け取ることも考えてみたいと思います。

最後に。

少し前、街頭インタビューでこういうのをやっていました。

自分に値段をつけるとしたらいくらですか？

「五万円」

と言ったコギャル風彼女。何やら具体的過ぎて、あらぬことを想像させてくれました。

「一千万」

と言ったシャネルまみれのＯＬ。おまえなぁ、それだけ能力があって会社に貢献してるのか、と言いたくなってしまったぞ。

「お金に換算できない」

と言った自信たっぷりの謎《なぞ》の美女。私だったら０円にしてやると、悔しまぎれに呟《つぶや》いてしまいました。

あなたはいくらと答えますか？

これはかなり難しい。

このエッセイを書き終わってから、私もじっくり考えてみることにします。

セックスの悩み、ありますか？

考えてみれば、セックスというのは、誰もがみんな、ほとんど同じことをやっているわけです。

趣味嗜好《しこう》でいろいろとバリエーションはあるでしょうが、基本的にはほぼ同じと言っていいでしょう。

けれど、そんなふうに同じようなことをしていながら、これほどさまざまな側面を持っている行為もめずらしいのではないかとも思うのです。

たとえば、すごく愛し合っているふたりがするセックスは美しいもののように言われます。全然愛し合ってないふたりがするのは、快楽のみと言われます。お金のためにするのは売春です。大人が十八歳以下に対してするのはいかがわしい行為と言われます（地域によって異なりますが、これは条例違反です。「淫行《いんこう》」）。子供同士でするのは、愛のあるなしにかかわらず、不純異性交遊と言われます。相手の意志を無視したものは強姦《ごうかん》です（これは完全に許されざる犯罪です）。

行為はほぼ同じであっても、こうも違うのです。

つまりそれは、セックスというのは行為そのものに重要性があるというよりも、心の持ち方がすべてを決める、ということになるのです。

ずっと、子孫の繁栄以外の目的でセックスをする動物は人間だけだと思っていました。

竹内久美子氏の著書によると、動物のメスの場合、子供を育てている間は発情しないので、オスはその子供を殺してまでもメスを発情させ、自分の子孫を残そうとする。それを防ぐために、人間のメスは物理的に不可能でない限り、いつでも交尾ができるように進化した、というわけです。

この間、テレビを見ていたら、サルの中にも子孫繁栄以外で交尾をする種類があることを知りました。彼らがするのは、群れに危険が近づいた時とかで、その時は確かに、必然的に子孫を残そうとする本能が働くのは当然ですが、それだけでなく不安な気持ちを安定させるためらしい、という説明がありました。

これからも感じられるのは、セックスが実は心と深く結びついているんだということを動物だって知ってるんだ、ということです。

心であなたは何を思っていますか？

そして、何を感じ、何を考え、何を求めていますか？

セックスは肉体的にとても気持ちのいいものです（もちろん、個人差があるでしょうが）。でも、本当はそれだけ味わっても、セックスのよさをすべて堪能《たんのう》したことにはなりません。肉体ともうひとつ、気持ちがよくなれるところがあります。それはやっぱりハートでしょう。

肉体とハート、このふたつが満足してこそ、本当の意味でのセックスなんだと思います。

そのためにも、やっぱり好きな男としたい。好きな男と、身体も心も気持ちよくなれるセックスをしたい。

これは、誰もがそう思っているはずです。

でも、それはなかなか思い通りにはいきません。うまくバランスが取れずに、遊ばれているだけだとわかっていても彼のセックスから逃れられないとか、心から好きなのに、セックスには不満があり、ましてそれを口に出して言えない、なんてことありませんか？

言葉にすると簡単ですが、これって切実な悩みとなっているはずです。

遊び人の男に溺《おぼ》れて、お金まで貢《みつ》いでしまったナミコ。

彼女はあの時の自分を振り返ってこう言ってくれました。

「みんなからは、あんな男に騙《だま》されて、バカとか愚かとか言われたけど、やっぱりとことん行くしかなかったの。私は他の女たちとは違う、なんて期待を持ってるうちはね。確かに彼とのセックスは最高だった。今までの男たちの誰よりも。でもね、寂しいの。セックスがよければよいほど、寂しくてたまらないの。結局、お金を使い果たした時、彼は去って行ったけど、その時、どこかホッとしていたわ。自分からは切れないから、早く、彼に切ってもらいたかったんだと思う。もちろん、泣いたけどね。もう一度、彼から連絡があったら？　そうね、ないことを祈るわ。だって、のこのこ出掛けてゆく自分がいないとは、断言できないから」

この話を聞いた時、私はすごく不安になりました。自分だってもしかしたらそうなる可能性がないとは言えません。

世の中にはいろんな出会いがあり、それは素晴らしいものとばかりは限らないのです。

私は今、自分がセックスに溺れて男に貢ぐなんてことはないと思っているけれど、それはたまたまそういう男に巡り会っていないだけかもしれません。

誰だってナミコになる可能性はあるのです。そんなナミコをどうして非難できるでしょう。

ただ、ナミコはそのことがあって、すごく大人になったような気がします。憂《うれ》い、のようなものを身につけたのは確かです。それがひとつの学習となって、今度はきっと本物の男と出会えると私は信じています。

さて、サナエには文句のつけようのない恋人がいますが、ひとつだけ不満を抱えています。

「こんなこと、あまり人には言えないんだけど、セックスが今ひとつね。それでね、結婚を申し込まれているんだけど、返事に迷ってるの。セックス以外では、何も不満はないんだもの。でも、セックスはずっとついて回るものでしょう。もしかしたらそのことが亀裂になったりして、うまくいかなくなるんじゃないかな、なんて」

その不安もよくわかります。たかがセックスなんて言えるはずがありません。

あなたはどうですか？

セックスについて、彼と話し合ったりしてますか？

これはとても大切なこと、と誰もが言いますが、なかなかできるもんじゃありません。

やっぱり恥ずかしい。彼に要求の多い女だって思われるのはイヤだし、スキモノなんて言われた日にゃ、立ち直れないかもしれない。彼の自尊心を傷つけることになったらどうしよう。また、どこかでセックスにはまだウブな女の子として彼の目には映りたい、なんて気持ちもあったりして。

そういった様々な葛藤《かっとう》は、彼のことが好きという気持ちの裏返しなのだから、決して悪いことだとは思わないのですが、不満というのは、ひとつひとつはチリのように小さくても、必ず積もってゆくものです。

ましてや、セックスは本能にかかわる問題です。人間の根源的なところに所以《ゆえん》しているものは、大したことのないように見えて、実は深い痛手になったりします。

同じ本能の中の食欲の場合、食べたいものを我慢するという行為を長く続けていると、過食症や拒食症という精神を病むような状況に陥るでしょう。睡眠欲のバランスを崩すと、やはり不眠症になったり過眠症になったりします。それと同じことが言えるのではないかと思うのです。

積もりに積もった小さな不満が、ある日、どかんと爆発してしまうとか。それが彼に向かうのではなく、セックスに対して関心がなくなり、やがて嫌悪《けんお》さえ感じるようになるとか、ハートなんかどうでもいいから、ただただ、満足できる相手を求めて男と寝てしまうとか。

そんなことにならないためにも、彼とコミュニケーションをとることが必要でしょう。

けれども、何度も言うようですが、これは人間の根源的な所に触れる問題なので、あくまで慎重に。セックスについて、男は信じられないほどデリケートな生きものですから。

セックスで綺麗《きれい》になる。

それを勘違いしないで、そうなりたいものです。

今までどんな嘘《うそ》をつきましたか？

最近、あなたはどんな嘘《うそ》をつきましたか。

本当は彼とのデートなのに、友達には「急に残業が入っちゃって」とキャンセルしたとか、仕事なんか辞めたいと思っているのに、田舎の両親から電話が掛かって来たら「うまくやってるわ」と答えたとか、友達に体重を訊《き》かれて四キロもサバを読んでしまったとか、まあ、こんな嘘なら責められることはないでしょう。誰かを傷つけたってわけではないのですから。

嘘って、善《よ》し悪《あ》しで考えたら、絶対に悪しの方になります。小さい時から、嘘をついちゃいけない、嘘は泥棒の始まり、なんて言われて来ましたからね。

でも、もし誰もが嘘をつかずに、本当のことしか言わなかったら、この世は破綻《はたん》してしまうでしょう。

そのこと、大人になれば誰もがわかっています。だから、嘘をつくというのは、正直であるというのと、同じ重さを持っているということなのです。

何でだろう、正直になる方が、相手を傷つけ、自分も心が痛むのは。むしろ、その方が多いのは。

そんなことを時々考えます。正直に生きるって本当に難しい。誰かだけでなく、自分をも傷つける勇気がなければできないことなんですよね。

だから嘘をつくことに、あまりこだわり過ぎない方がいいのかもしれません。もちろん、嘘の内容にもよるでしょうけど。問題は、これはついていい嘘なのか、いけない嘘なのか、判断する力です。

妙なたとえになるかもしれないけど、河豚《ふぐ》を食べる時、ほんの少しだけ毒を混ぜると、すごくおいしくなるそうです。小豆を炊《た》く時も、塩をひとつまみ加えると甘さが増すじゃないですか。つくなら、そんな嘘です。

例として、あてはまるとは言えないかもしれませんが、知り合いの中にこんな人がいます。サービス精神が旺盛なのか、盛り上げようとするばかりに、話の中にいろんな嘘をちりばめるのです。

「いやぁ、この間はもう大変だったよ。知り合いのAって奴《やつ》がさ、仕事で大チョンボしちゃって、取引先のBを怒らせてさ、このままだったらウン千万円の損になるって、俺のとこに泣きついて来たんだ。これが会社にバレたら死ぬしかないなんて言ってさ、今にも手首切りそうな声で。俺、その取引先のBとは大親友だから、真夜中だったけど、タクシー飛ばして、六本木中探してさ、やっと捕まえて、何とか仲を取り持ったんだよ。ほんと、大変だったんだから」

何だか本当に大事件のように聞こえるでしょう。でも、これは半分以上は嘘。ほとんど彼の脚色です。

大、なんてつくのはまず典型的な嘘で、ちょっとしたミスでも彼にかかると大チョンボ、顔見知りでも大親友。ウン千万円というのも絶対に違う。たぶんその十分の一ぐらいでしょう。自殺しかねないって言うのも、落ち込んでる程度のこと。手首を切るなんてとんでもない。真夜中は宵《よい》の口、六本木中探したというのも、行きつけの店ですぐに見つかった、てなもんです。

私はもう、もうその人のことがよくわかっているから、最初から話半分にしか聞かないけれど、初心者は大抵信用してしまうようです。そして、「へえ、本当に大変でしたねぇ」なんて感心してしまうのです。そういう反応があると、彼もご満悦。そんな彼にあきれた私は、

「そういうことやってると、今に狼《おおかみ》少年になってしまうわよ。いつか、本当に大変なことがあっても、誰も信用しなくなるから」

なんて注意したこともありました。

するど、彼はその時だけは殊勝な顔つきになります。

「だよなぁ、俺も悪い癖だってわかってるんだけど、どうせならドラマチックな話にして、みんなを楽しませたくなるんだよ。これって、ひとつの性《さが》かなぁ。俺、小説家になればよかったなぁ」

よく言うわ。

彼のよいところはひとつだけ。後で真相がわかった時に、誰もが笑いだしてしまうことです。

でも、これはとても大切なことのように思えます。嘘の質みたいなものでしょう

か。

基本は絶対にバレない嘘をつくことです。でも、バレることもあります。問題はその時です。その時、相手にどんな感情を与えることになるか。

実質、彼のような嘘は他愛《たわい》無いものですから、笑ってしまいます。笑わせられるものなら、嘘をついたことなど、何の罪にもなりません。

私のためについてくれた嘘なんだ、とわかってもらえるものも、むしろ嬉《うれ》しさを与えてくれるわけだから、正しい嘘と言えるでしょう。

嘘は、時によっては、いっそう信頼が増すという、まったく逆の作用もしてくれることがあります。バレた時に「結局、あの人は自分の得のために嘘をついたんだわ」と思われてしまうような嘘は最悪です。

嘘をつく、というのは、これでなかなか知的な行為なんですよね。

嘘のつき方によって、その人の品性も知ることができます。もちろん、自分のそれも試されるということになります。そこのところを、よく考えて嘘はつかなければならないようです。

さて、恋愛において嘘をつくということの悩みを、私も時々、受けることがあります。

内容的にはいろいろありますが、

「彼とは別の人と付き合っていた。でも、そのことを彼には話していない」

という傾向のものが多いようです。

もちろん、そんなことは話す必要はありません。話して、誰が幸福になるのでしょう。こういう時、気持ちの問題というより、いちばんわかりやすい判断をすればいいのです。

つまり、幸福になる人数。

話したら、ふたりが不幸になる。

話さなければ、ふたりとも幸福でいられる。

こんなの明快です。嘘をついてるというよりも、その前の男そのもののことを忘れてしまえばいいのです。そうしたら、嘘ではなくなってしまうのだから。

ただ先日、ある女性から同じような話を聞いた時、何となくいい気分でなくなってしまいました。

「だって、それは彼のためにつく嘘だから。彼を傷つけたくない、という気持ちなんだもの、嘘をついてもいいはずだわ」

それは、その通りかもしれない。

でも、ある意味でものすごく傲慢《ごうまん》です。

嘘は彼のため、なんて言ってるけど、それこそが嘘。本当のところは、彼に嫌われたくないからついた自分のための嘘じゃないですか。

そこをしっかり認識しておくべきです。

嘘は嘘。綺麗事《きれいごと》にすり替えないこと。

これを意識しているかしてないかでは、大きな違いがあります。最後のところで、嘘の責任を相手に押しつけてしまっているから。

もし、この嘘がバレた時「あなたのためだったのよ」と言われる方の気持ちも考えてみるべきです。

嘘をつくには、その嘘を最後まで自分が引き受ける覚悟が必要でしょう。

とにかく、人生に嘘はつきもの。私も毎日、嘘をついてます。鏡の前で、ファンデーションを塗って肌を綺麗に見せたり、マスカラでまつげを長く見せたりするのも、やっぱり一種の嘘でしょうから。

嘘は嘘でもいいんです。
でも、自分だけには嘘をつかない、そんな生き方をしてゆきさえすれば。

III

損をする、というのは

人生にとって大切なことです。

その中に、いろんな真実が隠れているのです。

たとえ損をしても、

好きという思いがあれば決して後悔しません。

その感情こそが、必ず自分を幸福にしてくれるのです。

昔の彼を忘れることができますか？

男と女はどちらが未練がましいか。

巷《ちまた》では、男の方だと言われています。

女は、たとえ壊れかけているとしても、それが恋と呼べるうちは必死に修復を試みますが、終わったと悟った瞬間、きっぱりすべてを捨ててしまいます。ましてや、新しい恋が始まれば、前の彼なんて彼方《かなた》の人。思い出すこともありません。

女は、今、に生きているのです。

その点、男は、面倒臭く感じられるようになった時点で、恋は終わっています。終わってはいるけれど、彼女の存在が消えてしまったわけではありません。新しい恋人ができても、前の彼女も小さいながら、その存在はずっと残っているのです。

男は、過去を背負って生きてゆくのです。

でも、これって本当でしょうか。

実際には、未練にまみれて苦しんでいる女性は、かなりいるのではないかと思うのです。アンケートのパーセントでも、こう出ました。

忘れられない男はいますか？　いる　63％

未練は未練でも男のそれはどこかカラッとしています。過去の恋人が胸に残っていても、それはそれ。もう一度恋をやり直す、ということとは別問題です。

でも、女の場合はもっと現実味を帯びています。

「もしかしたら、彼と恋愛が復活するかもしれない」

そんな期待を抱いてしまうのです。つまり、同じ未練でも、質そのものが違うのです。

もちろん人には性格があるので、いちがいには決め付けられませんけど、どちらにしても、彼の幻影にしばられているという状態は、やはり快適とは言えないでしょう。

別れた彼は、たとえて言えば、着なくなってしまった服のようなものでしょうか。その時はすごく気に入って、どうしても欲しくて、買った服です。決め手となったのはデザインでしょうか。色とか、素材かもしれません。それは何でもいいのだけれど、とにかくこれだ、と思って買いました。

しばらくの間、クローゼットの中から取り出すのはいつもその服です。その服を着ると、気持ちが弾んで元気が出るのです。

だから、ずっとその服を着ていたのだけれど、ある日、ふっと気がつくのです。何だかこれ、似合わないみたい、と。

そして冷静に服を見ると、デザインに無理があったり、色も気になったり。裏を返してみると縫製が雑、なんてことにも気づくようになります。自分の感覚や体型が変わって、見方そのものに変化が起きた、ということもあるでしょう。

とにかく、その服を着る回数が減ってゆきます。そして、やがてはクローゼットの奥深くに眠ってしまうようになるのです。私のクローゼットの中にも、何着かそんな服があります。

ましてや、次に新しい服を買ったりすると、今度はその服がお気に入りになって、古い服には目も行きません。でも、ふとした時に、それを取り出してみたくなるのです。

「あの服、ちょっと着てみようかな」

なんて。だって、あんなに似合った時があったのだから。で、着てみて、鏡の前に立ってみると、やっぱりピンと来ない。それで、

「いっそのこと処分してしまおうか」

という気持ちになるのですが、イザとなると捨てられません。結構高かったし、もしかしたら別のものとの組合せがきくかもしれない、なんてセコい考えが浮かんでしまって。

それで結局はクローゼットの中に逆戻り。そして、似合わないことを忘れた頃に、またつい取り出してしまうという、と、同じことを繰り返してしまうのです。

もう着ないことはわかっているのに、どうしても捨てられない服。ちょっと強引かもしれませんが、それが忘れられない彼です。

いつかまた着られる時が来るかもしれないから、その時までとっておこう。

でも、実はそんなことはまずありません。ないとわかっていながら、期待だけがある。

そう、もしかしたら彼とまた……その期待です。

そういう場合、どうしたらいいか。

思い切って、実際に着てみるっていうのはどうでしょう。着て、外を歩いてみる。みんなに見せてみる。

早い話、電話でも何でもして、彼と実際に会ってみるのです。そうやってこそ、はっきりわかるんだと思います。その服が、その彼が、もう自分には必要なくなっているということに。

ある女性には今も忘れられない彼がいます。

そのせいか、なかなか新しい恋に踏みだせません。彼女はよく私にその彼の話をします。それがいかに大恋愛だったか、どんなに素晴らしい時間を共有したか。そして、こういう結論に到《いた》るのです。

「もう二度とあんな恋はできないわ」

それは確かに素敵な思い出でしょう。

でも、もしそれが彼女の言うように最高の恋であったなら、ふたりは別れることなどなかったはずです。

過去を美化してはいけません。

楽しかったことを思い出すのはいいけれど、それで今の彼や生活を否定することになったら元も子もありません。だったら同じだけ、傷ついたことも思い出しましょう。本当はイヤな思い出だってたくさんあるはずです。

人はつい、思い出に逃げ込もうとします。でも、そこに逃げ込んで現実から目をそらせてばかりいても、過去に縛られるだけ。それじゃ少しも前には進めません。

今度こそ思い切って処分してしまいませんか。そうやって今という時間と、今の自分というものの大切さを知って欲しいと思います。

さて、女性の中には、前の彼をボロクソに言っている人もいて、たとえば「史上最低の奴《やつ》だった」とか「どっかでのたれ死にしてればいいのに」なんて、その強烈さに、思わず笑ってしまいます。

それはそれで、あっけらかんとしていていいなぁと思うのですが、ある種の寂しさも感じます。

人生の中で人を好きになるということは、そんなにあるわけじゃありません。せっかく好きになったんです。それに縛られるのは困るけど、せめて「出会ってよかった」ぐらいの思いだけは持っていて欲しい。

過去の彼をボロクソに言うということは、結局、それは恋をしていなかったと同じです。所詮《しょせん》、そんな感情しか残せなかった恋は、恋とは呼べない代物《しろもの》なのです。時には「つまり、あなたはそんな下らない男が好きだったのね」と、逆に自分の審美眼を疑われてしまうことにもなりかねません。

ボロクソに言うのもご愛敬、程度に抑えておいた方がいいようです。

さて、忘れられない男に対して、「あいつを見返してやりたい」って女心がメラメラと燃え上がるってことがあります。

それ、よくわかります。私にもそういうところありますから。

どんなふうに見返すかはいろいろ方法があるでしょうが、つまるところ、「ああ、俺はあんなイイ女と別れちまったんだ、惜しいことをした」と、思わせたいということでしょうね。

けれど、こういった気持ちというのも、実は恋の一部なのです。そうです、それは未練と根っこで繋《つな》がっているのです。
愛情の反対は何だと思いますか？
憎しみ？
いいえ、無関心です。
えっ、ヒロシ？　誰だっけ、その人。
それが実は最高の復讐《ふくしゅう》なのだということを、覚えておいた方がいいかもしれません。

優しい人になりたいですか？

優しさ、について聞かされるのは、もううんざりでしょうか。

男として、女として、人間として、真の優しさって何だろう？

なんてことは、一時期、エッセイなどでよく書かれましたからね。もちろん、私も書いたひとりなんですけど。

その時はその時なりに、わかったような気になって、それなりのことを書いていたのですが、こうして改めて考えてみると、まったく何もわかっていない、ということを思い知らされてしまいます。

それはつまり、他人の優しさからそれを探ろうとしていたからかもしれません。

考えてみれば、他人の優しさなんて、どうでもいいのです。そんなことをとやか

く言う前に、

「だったら、自分はどうなんだ」

ということを考えてみるべきだったのでしょう。

あなたは自分を優しい人間だと思いますか？

自分を分析するって本当に難しい。誰より知ってるはずなのに、誰よりも見えていなかったりして。

では、質問の仕方を変えましょう。

こんな時、あなただったらどうしますか。

今日、風邪で寝込んでいる彼のために食事を作ってあげる約束をしていた。でも、家を出ようとしたら、母親も風邪気味で寝ている。さて、あなたはその時、彼の方をキャンセルするか？　それとも母親のことは目をつぶって、やっぱり彼の方に行くか？

うーん、私だったらきっと……症状にもよるけれど、同じくらいだったらきっと彼の食事を優先させてしまうでしょう。そして、彼に「君って優しいんだね」と言われて「そうなの、私って優しいの」と、嬉《うれ》しくなってしまうでしょう。家で寝ている母親のことを思えば、まったく優しくない娘なのに。

では、こういうのはどうですか。

あなたと友人はあるコンサートに行きたかった。けれどチケットが手に入らない。ところが、ひょんなことから、チケットが一枚だけ手に入った。友達が行きたがっているのは知っている。でも、私も行きたい。あなたはそのチケットをどうするか？

もっと、強烈な質問です。

知らない人と親しい人（家族とか恋人とか親友とか）が川で溺《おぼ》れている。浮き輪がひとつある。あなたはどちらにそれを投げるか？

そんなことを考えると、よくわかります。優しさなんて、所詮《しょせん》、エゴから生まれたものなのです。誰に対しても、平等に持つなんてことはできないのです。

だからといって、自分を責めることはありません。私はそれでいいと思うんです。その時々に、いろんなことに思いを巡らせ、時には天秤《てんびん》にかけたり、損得を計算したり、そのことに後ろめたさを感じたり、そんなふうでいることが人として自然なのです。

優しさを意識し過ぎると、身動きできなくなってしまいます。誰に対してもとか、すべてのことに、とかはどう考えても無理。優しい人間でありたい、という思いは美しいけれど、それに縛られたり、酔いしれないことです。早い話、優しさなんてものは、日常の生活の一部として、呼吸やご飯を食べるというレベルで持っていればいいのです。

たとえば、電車やバスで席を譲るということ。すごく単純な譬《たと》えで申し訳ないのだけれど、それをすることをいちいち優しさに結びつけたりしない。それは生活の一部、呼吸すると同じことなのだから。どうってことない、当たり前。つまり、そんなふうに対応できたらいいなと思っているわけです。

人と人の間には、いつだって誤解や錯覚が存在します。だから、自分では優しさのつもりでしたことが、相手を傷つけてしまうこともあるでしょう。

ある時、大切な友人が仕事で大きなミスをしてしまいました。私は友人を慰めたいと思いました。飲みに誘いたい。いっぱい話を聞いてあげたい。でも、今はそっとしておいた方がいいかもしれない。今、どうすることが私にできる優しさなのだろう。

私は迷いました。

その迷いの原因は何だったのか。ちょっと自問自答の世界に入ってみましょう。

本当は飲みに誘いたいんでしょう。なぜ、そうしないの？

「だって、その友人に迷惑だったらイヤじゃない」

なぜイヤなの？

「かえって傷つけるかもしれない」

なぜ、傷つけたくないの？

「そんなの、誰だってイヤよ」

だから、なぜ？

「それは、つまり、嫌われたくないもの」

なぁんだ。自分の都合ってことね。

「え……」

相手のためじゃなくて、自分のためじゃない。嫌われたくないっていう。

「違うわ、私はただ友人に元気になってもらいたいだけなの」

なぜ元気になってもらいたいの？

「元気に生きてる友人が好きだからよ」

私の好きな友人でいて、というのだって、結局は自分のエゴでしょう。

「そんな」

だいたいね、友人のため、なんて考え方はやめたら。突き詰めれば、みんな自分に都合のいい優しさなんだから。

絶句。

ああ、なんて意地悪な私が私の中にいるのでしょう。私は時々、こうして私のいちばんやっかいな存在になって、私を痛めつけるのです。

誰かのために優しくありたい、というのはどこかに傲慢《ごうまん》さが含まれているような気がします。そんな恩着せがましい気持ちは捨ててしまいましょう。私は、私のために人に優しくするのです。優しくしたいからするのです。決して、相手のためではないのです。

そんなふうに思うと、お返しなんか何にも期待しないでしょう。他人に理解してもらえなくても、時には嫌われてしまっても、それはそれで納得しなくちゃとも思えます。

正直言うと、まだまだ私もそこまで辿《たど》り着けません。やっぱり優しくしたら、相手に喜んで欲しい、好かれたい、って思いがあります。なんてみっちい私。そんな時、さっきのもうひとりの私に登場してもらって、カツを入れてもらうようにしています。

さて、優しさはとても変装が上手です。

時々、それは似ても似つかない格好をしています。怒りだったり、冷たさだったり、時には、憎しみだったりします。あんまり変装が上手なので、素顔が何年もわからない時もあります。

そして、ある時、ハッと気づくのです。

「あれは、もしかしたら」

そういう優しさって、いいと思いませんか。気がついた時、ドラマチックに喜びと感謝の気持ちでいっぱいになるでしょう。

目に見え、手にとれるわかりやすい優しさと同様に、私もそんな優しさを持っていたい。

それは、ひとつの勇気かもしれません。嫌われる勇気です。憎まれる勇気です。

その勇気を持つことができれば、よく言われる、優しさとは強さだ、ということも理解できるのでしょう。

優しくすることも、優しくされることも、同じ重さで受けとめられるハートがあること。

自分自身が誰にも見つけられない優しさを持ち、また誰も気がつかない優しさをちゃんと感じられること、そんな粋《いき》で賢い女性になってください。

私もなりたい。

結婚向きの男って何ですか？

たとえば、結婚に向かない男というのはどういうタイプでしょう。

定職を持たずフラフラしている。博打《ばくち》に女に酒好き。浪費家。借金癖。暴力。ふらりと旅に出て二カ月も三カ月も帰って来ない。マザコン。セックスレス。自分しか愛せない。

などなど、色々あるでしょうね。

ま、こういう男とは結婚なんかしない方がいいです。

当然か。

結婚しなくても、恋愛すればいいんだから。

たとえどんなひどい男でも、恋ならいっこうに構いません。つらかろうが、切なかろうが、泣こうが、わめこうが、どうでもね。だって恋ってそういうものだから。恋を恋のまままっとうするっていうのも、ひとつの愛のカタチというものでしょう。

じゃあ、結婚に向いてる男っていうのはどういうタイプでしょう。たいていの人は、わかりやすい条件を挙げます。

経済力があって、優しくて穏やかな性格。包容力があり、女性に対する差別がなくて、計画性を持っていて、口にはしないけど、できれば（もう死語だとわかってる。でも、実は今もなかなかスルドイところをついてる）三高であって欲しい。

これもよくわかります。まあ理想と現実はさまざまな食い違いがありますが、たいがいの場合、それ相応のパートナーと巡り会って、結婚するのでしょう。世の中の人の多くがそうするように。

そして、何年かたって、気がつくわけです。

「この人じゃなかった」

そうやって、今度は多くのカップルが離婚するわけです。

結論から言ってしまえば、この人が結婚にふさわしい相手かどうかなんて、結婚してみなければわかりません。その時は、ふさわしい人に見えても、そのふさわしさが永遠に続くという保証は何もない。世の中が変わると同じように、人も変わるのです。

不思議なもので、人は若い時、本性というものはなかなか表に出ません。それは年とともに顕《あらわ》になってくるのです。逆だと思う人がいるかもしれないけれど、これは本当です。若い時って、わからないいんです。相手のこともわからないし、何より自分のことがいちばんよくわからないのです。

さて、ここで高校時代の同級生、Aくん、Bくん、のふたりに登場してもらいましょう。

あの頃、彼らはごく普通の男性でした。いえ、普通の男の子よりちょっとばかり抜きんでていました。

それぞれに一流と言われる大学を出て、それぞれに名の通った会社に就職しました。人格的にもさしたるクセはなく、温厚だしまじめだし、周りの女性から見れば、まさに結婚に向くタイプの男でした。

彼らはふたりとも三十歳前後に結婚をし、やがて子供も生まれ、妻はパートで働きながらも基本は専業主婦、ローンで家を買い、週末は家族で外食。会社の中では順当に出世し、仕事にもやりがいを感じ、それなりの充実した毎日を送っていたわけです。

そんなこんなで、現在に至っていたのですが、そこに突如として現われたのが、不景気です。あなたが会社勤めをしているならわかると思いますが、中堅からベテランのサラリーマンたちが今、どれほど戦々兢々《きょうきょう》としているか。寄らば大樹の陰、だったはずなのに、イザとなったら大樹はそっぽを向いてしまうのだから。

AくんもBくんも、まさに今、この状況に巻き込まれています。

Aくんは電気メーカーに就職し、ずっと技術畑で来たのですが、突然、営業に回されてしまいました。建前上は栄転でしたが、会社側の意図はみえみえ。人に頼みごとをするのが苦手なAくんは、成績を上げることができません。上からは「努力が足りん」と叩《たた》かれ、下からは「無能の男」と突き上げられ、職場で憂《ゆう》鬱《うつ》な毎日を送っています。

いっそ、退職してしまいたい。

まあ、会社の狙《ねら》いも実はそこにあるわけです。でもこのご時勢、次の就職先もそうそうない。妻子を養わなければならないし。どうしようか、と考えている最中です。

Ｂくんも同じです。彼は金融関係ですが、完全な肩たたきにあっています。ちょっとした融資のミスをたてにとられて、ポストから下ろされ、惨《みじ》めな状況にいます。今、退職するなら退職金はそれなりの額を上積みしよう、と会社側は言ってます。残ろうと思えば、残れないことはない。でも、先は見えてる。やる気も起こらない。だったら辞めてやろうじゃないかと、彼は思っているようです。

そんな時、私は彼らと話す機会がありました。いろいろありますが、彼らの言いたいことをまとめるとこうでした。

まずはＡくん。

「辞められるもんなら辞めたいよ。けど、まだ子供は小さくてこれから教育費にもお金がかかる。家のローンも残ってるしな。結局、俺が家族の犠牲になるしかないじゃないか。他に仕事を探せって？　どんな仕事があるっていうんだよ。今さら、わけのわかんない所で年下の奴《やつ》に使われるのはごめんさ。軽蔑《けいべつ》されるかもしれないが、世間体ってものもあるだろう。どんなに今の会社で酷《ひど》い扱いを受けても、家族のために我慢して働き続ける。結局そうするしかないんだよ」

そして、Bくん。

「辞めるよ、辞めてやる。一度しかない人生なんだぜ、どうしてこんな情けない思いをしてまで会社にしがみついてなきゃいけないんだ。俺は絶対、子供や女房の犠牲にはなりたくない。家族への責任？　つまり生活費ってことだよな。そんなもん日雇い労働でも何でもすりゃ暮らしてゆける。たとえローンが払えなくて家を手放すことになっても、生活レベルが落ちて貧乏になっても構やしない。家族は大事だけど、やっぱり俺の人生なんだから、俺の好きなようにするさ」

不況というものが来なければ、ふたりともいい夫であり、いい父親だったでしょう。でも、一生トラブルが起こらない人生なんてあるわけがありません。

実は、AくんBくんの決断なんて、どうでもいいのです。私が知りたかったのは、こういう時、あなたは夫にどっちの選択をしてもらいたいか、ということなのです。

家族のために犠牲になろうとしているAくん。今の生活は続けられるかもしれない。でも後悔する人生を彼に送らせることになってしまう。逆に、家族の犠牲にはなりたくないと言うBくん。彼は自由になれるだろうけど、そのために家族の生活も大きく変わる。手にしているものをみんな手放さなくてはいけないかもしれない。

どうですか？

これはどっちがいいという問題ではありません。

生意気なようだけれど、結婚を考えた時、この男は結婚に向いているかどうか、なんて査定を下すやり方は傲慢《ごうまん》でしかありません。傲慢には必ずしっぺがえしがあるのです。

結婚とは、夫が働いてくれて、可愛《かわい》い子供に恵まれて、豊かで安心な老後が待っている、なんて思ってたら大間違いです。実は、そのひとつひとつが裏切られた時、夫婦がどうお互いを理解し、助け合い、寄り添って生きてゆけるか、そういうことなのです。

結婚に対して、理想を持つのは当然のこと。正直言って私にだってあります。けれど、自分にないものを相手に望んではいけない。相手に対する要求が多いのは、実は、自分が何もないということの裏返しです。

もう一度訊《き》きます。

あなたは、夫にどっちを選択してもらいたいですか？

結婚はきっと、開いても開いてもまた包みが現われるプレゼントと同じなのでしよう。

ブランド品は好きですか？

巷《ちまた》では、やれエルメスだ、シャネルだ、グッチだ、ブルガリだ、フェンディだ、フェラガモだ、ｅｔｃ……と賑《にぎ》やかに展開されています。

いわゆる高級ブランド品が好きか嫌いか、と分けるとすると、私はきっと好きな方でしょう。でも、そんな持ってるわけじゃありません。勘繰る方もいるかもしれませんから、正直に言いますが、本当に持ってない方だと思います。

その理由として。

やっぱり高いから。

ま、早い話、これに尽きます。

別に何らかの哲学があってのことではありません。高級ブランド製品を売っている店の前ではつい足を止めてしまうし、友人が素敵なバッグを持っていたら「それ、どこのブランド？」なんて訊《き》いてしまいます。そんなミーハーのノリは十分にあります。

ブランド品については、いろんな人がいろんなことを言っています。いい意味ではなく、半ば茶化したような、時折、軽蔑《けいべつ》したような。ブランド志向、なんていうのも、とても褒め言葉ではないですしね。

それはもちろん、ブランド品そのもののことを言っているのではなくて、ブランド品に対する女性の考え方に対するものです。

そういった意見には、頷《うなず》くところもあるし、反発を感じてしまうところもあります。

このての話になると、必ずこういう意見が出て来るでしょう。

「高級ブランドだから、すべてが良いモノとは限らない。いいものは安くて無名のブランドにもあるはず。高級ブランドモノさえ持っていれば安心って顔をして、猫も杓子《しゃくし》もそればっかりっていうのは品がない」

はい、ごもっともです。

安くてもいいモノは確かにあります。大切なのはそれを見極める目。

でも実は、それがいちばん難しかったりするわけです。

私にはとても自信がありません。その時は吟味して買ったつもりでいても、後になって「失敗した」と思ったことが今まで何度あったことか。結局のところ、安物買いの銭失い状態。

そう言った意味でも、とりあえず高級ブランドのものなら間違いないって安心する気持ちがあります。そのブランドが高級と呼ばれるには、それなりの理由があるわけでしょう。そういった信用を買うというのも悪くはないと思ってます。

だから私としては、そういうことを面と向かって言われると、

「はいはい、あなたみたいに、モノを見る目がなくてどーもすみません」

と、ひねくれた言い方をしてしまいたくなるわけです。

こういうことを言う人もいます。

「持つのはいいけど、分相応っていうのを知らないのが困ったものよ。服も靴も見るからに安物なのに、やたらバッグだけすごい高級ブランドを持ってるって女がいるでしょう。そういう一点豪華主義って、結局のところ貧乏臭いと思うのね」

それも確かにあるでしょう。

やはり何事にもバランスが必要で、ひとつだけが突出しているっていうのは、何だかちぐはぐな感じになってしまいます。

ある日、仲間うちで集まる機会がありました。みんなそれぞれに働いている女性ばかりです。

その中のひとりの女性は、こういっては失礼なのだけど、いつも安物の服ばかりを着ています。もちろん彼女もちゃんと働いているのですが、一人暮らしにはお金もかかるし、実家の方にも仕送りしているので、切り詰めた生活なわけです。

そんな彼女が、格好はいつものまま、なんとエルメスのケリーバッグを持って現われたのです。

みんな、びっくりしました。格好とバッグがあまりにちぐはぐだったからです。それと、バッグが素敵だっただけに、その格好に合わせて持つにはケリーバッグがかわいそうだなって思う気持ちもありました。

すると彼女はこう言いました。

「急に自分にご褒美《ほうび》をあげたくなったのよ。ずっと働いてて、贅沢《ぜいたく》してるわけじゃないし、これぐらいいっか、と思って」

私はそれを聞いた時、何だかほのぼのとした気分になっていました。

安物の服とケリーバッグは確かにちぐはぐで、不自然に見えます。でも、彼女はちゃんとそれを自分のお金で買ったのです。

そりゃあ、できることなら頭のてっぺんから爪先《つまさき》まで、すべてにバランスのとれた格好ができればいいでしょうが、普通に働いてていつもそんなことできるはずがありません。できるのは一部の人だけです。

「私にはこんな高級ブランド、不釣り合いってことはわかってたんだけどね」

彼女は肩をすくめて笑いました。

「ううん、よく似合ってる」

私は心からそう思いました。

一点豪華主義が貧乏臭い？　余計なお世話ってもんです。誰にケチをつけられる筋合いのものじゃありません。そんな批判なんかに耳を貸す必要はない。まっとうに働いて、まっとうにお金を払ったのだもの。

どんなに高級なバッグであろうと、それはやはりモノなのです。肝心なのは持ってる人間の出来不出来。
洋服は安物かもしれないけれど、彼女にはこれからも堂々と胸を張って持ってい
て欲しいと思いました。
「あの、やたらブランド名をひけらかすのはみっともない。ロゴって本来、裏側の
見えない所にちょこっと書いてあるくらいだったのに、どうしてあんなに前面に出
るようになってしまったんだろう。あれ見ると、セコい根性丸出しって気がしてし
まう」
今はロゴもりっぱなデザインです。
私がもし高級ブランドの服を着ていたら、やっぱり周りにそこのモノだってこと
をわかってもらいたいという、いじましい気持ちがどこかにあります。
本当は誰にもわからなくて、シンプルでさりげなくて、でもどこか普通とは違っ
てて、相手に「それ、どこの服?」って訊かれたら、さらりと「まあ、シャネル」
って答えるっていうのがカッコイイと思ってるんですけどね。うーん、なかなかで
きない。
でも、もしそれといっぺんでわかる服を着ていて、誰かが見たとたん「わっ、シ

ャネルじゃない、素敵！」と、すごく誉《ほ》められたとしても、本当に嬉《うれ》しいでしょうか。

誉めているのは服？　着ている私じゃなくて？

気がついたら、主役は私じゃなくて、そのブランドものだった、なんてことになっていたりして。

あるホテルのプールに行った時のことです。ロッカー室に全身高級ブランドで固めた女性と、ヤボったい女性が入って来ました。

私は当然、ブランド女性の方に目が行きました。でも、洋服を全部脱いだ時、ヤボったい方の女性に釘《くぎ》づけになってしまいました。

Hっぽい言い方ですが、すごくいい身体をしていたからです。裸になった時、明らかに立場は逆転していました。

人には、勝負のしどころというのがあるようです。身体もあるけど、頭の中はもっと肝心です。高級ブランドだけに頼っていて、中身が追いついていないと、イザという時、そのギャップの分、がっかりされることもあるでしょう。

自分にふさわしい生き方、そのひとつの中にふさわしい持ち物というものがあり、高級ブランドの本当の価値も、結局のところ自分自身で決めるものなのでしょう。

感情とうまく付き合っていますか？

感情は大きく分けると喜怒哀楽になります。

喜怒哀楽がはっきりしている人は、見てててとっても気持ちいい。けれどその反面、お天気屋で一緒にいると疲れてしまう時もあります。逆に、はっきりしない人は穏やかだけど、どこか物足りない。八方美人に見えてしまうこともあります。

あなたは自分がどちらだと思いますか？

私は……うーん、とっても難しい。

もし知り合いたちのブーイングを覚悟で言わせてもらうなら、後者、かな。

かといって、私は喜怒哀楽の感情そのものが穏やかなのではありません。人とは較《くら》べられないけれど、それなりに強い方だという気がします。

友人のU子は逆です。天真爛漫《らんまん》というか、感情で生きてるタイプです。その時々にハラハラさせられてしまいます。でも、彼女の喜怒哀楽の度合いが私より強烈か、と言われると、実はそうでもありません。

というのも、こんなことがあったからです。以前、ふたりでおでんやさんに入りました。おでんやと言ってもなかなか高級で、よく雑誌なんかにも登場しています。

確かに味はよかったです。でもよかったのは味だけ。店員の態度は最低でした。女ふたりだとあまりお酒を飲まない、ということで（他の客と話していたのが聞こえた）、露骨に嫌な顔をされました。ついでに言うなら値段もびっくりするほど高かった。食べ物屋なんだから、おいしければそれでいいと言えばそうなのですが、やっぱり味、サービス、金額の三拍子が揃《そろ》ってこそ一流だと思うんです。

食べている最中から、U子は不満を口にしていました。私も同じ気持ちでしたが、U子に先を越されてしまって（いつもそうなのだけど）、まあまあ、なんてなだめる方に回っていました。お会計の時、かなりの金額を言われて、U子はついにキレ、レジのおばさんに向かってきっぱり宣言しました。

「おたく、店員にどういう教育してるの。接客態度がなってないんじゃないの。この店を紹介してた雑誌に投書してやる」

そして、思わずビビッた顔つきになったおばさんを尻目《しりめ》に、とっとと店を出たのでした。

以前から、U子の性格はわかってるつもりでしたが、まさかそこまで言うとは思いもよらず、私もしばし茫然《ぼうぜん》としてしまいました。

さて、それからひと月ほどしたある日。ふたりで歩いていて、ちょっと何か食べようか、ということになりました。たまたま通りかかったのが、例のおでんやです。

私は当然、その店の前を通り過ぎようとしました。ところが、U子はこう言ったのです。

「ねえ、入ろう」

「ええっ！」

私はびっくりしてU子を振り返りました。

「どうして！」

「だって、おいしかったじゃない」

「そりゃそうだけど、店員の態度はなってない、値段は高いで、散々文句を言ってたでしょ」

「あら、そうだったっけ。でも、いいじゃない。おいしいんだから」

U子はケロリとしたものです。私は断固として反対しました。それで、仕方なくU子も折れ、私たちは違う店に入りました。

これって、どっちの感情が激しいと思いますか？　あの時、私はU子だと思っていたけれど、ひと月たってもその時のことを忘れてなかった私の方が、もしかしたら激しいとは言えないでしょうか。

誤解していけないのは、人が表に出す喜怒哀楽と、内面にたたえてるそれの度合いとは違う、ということです。

あなたがちょっと口を滑らして、相手を傷つけるようなことを言ってしまった。でも、相手は平気な顔をしている。だからといって「私は大したこと言ったわけじゃないんだわ」なんて思っていたら、相手に想像以上のダメージを与えていることもあるでしょう。同じようなこと、あなたにも経験ありませんか？

かといって、こう言ったら相手がどう思うか、というようなことばかりを考えていては、言いたいことも言えなくなってしまいます。

そんな情況を避けるためにも、まず自分自身が、感情をうまく表現できるようになっておくことが必要です。

でないと、ムッとすることを言われてムッとしたらみんなに敬遠された、とか、本当は泣きたいのに頑張って笑ってたら無神経女のように思われた、なんてことにもなりかねません。そんな誤解を招いていては、なかなか人間関係もスムーズに動いてくれません。

私は、感情と同時に存在するのは我慢だと思っています。いえ、決して、すべてを我慢しろ、なんて言ってるわけじゃありません。むしろ、我慢し過ぎの方が問題なのです。

たとえば喜びや楽しい時、我慢なんか何にもいりません。どうしてそんなものが必要でしょう。

時々、妙に照れて怒ったような態度をとってしまう人もいますが、それをして雰囲気がよくなることはまずありません。そういう時は、我慢度で言うと三パーセントってところです。この三パーセントは、あなたの喜びで、誰かが沈んでしまう懸《け》念《ねん》がある時のことを考えました。

たとえば勝負ごとで、相手を負かした時とか。でも、それでは「負けた私に気を遣って嬉《うれ》しがらないのね」という情況の方がもっと相手を傷つけることになるので、どっちにしても、見当違いな我慢はしないことです。

怒りや哀《かな》しみ、問題はこちらの方です。

まず怒りの方。たとえば親しい友達に約束を破られた。親しいだけに、怒ることができない。だから我慢する。その我慢が、時間がたてば忘れられる程度のものなら、それもいいでしょう。でも、心に積もってゆく種類のものだったら、我慢してはいけません。「私は怒っている」ということをちゃんと相手に知らせるべきです。でないと、相手はまた同じことをしてしまいます。

ある男性が言ってました。

「彼女、デートで俺が遅刻してもいつも平気な顔をしてるんだ。だから、てっきり時間に寛大なタイプなんだなって思ってたら、ある日突然、いい加減にしろ！　って怒鳴られちゃって。だったら最初から言ってくれればよかったのに。結局、それがきっかけで別れた」

とっても分かりやすい譬《たと》えだと思いませんか？　我慢が結局、コトを大きくしてしまったのです。最初に「私は怒ってる」ということを相手に伝えていたら、彼の誤解もなかったし、余計なストレスもためずに済んだでしょう。

つまり、怒るのは自分のためじゃありません。相手のためでもあるのです。セクハラなんかもそうです。相手にこちらの怒りが伝わってないことが多いんです。時には「結構、喜んでる」なんて思われてしまう。ヒステリックに騒ぎ立てるほどになる前に、きちんとNOを伝えるべきです。

哀しみの方は涙に繋《つな》がることも多いでしょう。涙は素直な気持ちです。強い味方になってくれることもあります。でも、時には凶器にもなるのです。

本当の悲しみの席で、コントロールするのは難しい。その必要もないと思います。映画や本を読んだ時なども同じでしょう。

けれども、人間関係の中で涙を見せるというのは、いろんな意味を持って来るのです。人前で泣くことが恥ずかしいのではなく、情況を無視することが恥ずかしい。一歩間違えば、デパートで「あれ買って！」と泣き叫んでる子供と同じになってしまいます。

感情を素直に表すというのは、決して欲望のままにさらけだすのではありません。

自分に正直であるのは素敵だけれど、それを受ける側の人間もいる、ということを忘れずに。

その時、むやみに感情に振り回されない、いっぱしの女性になれるのでしょう。

自分は絶対に不倫しないと言い切れますか？

とりあえず、アンケートから。

不倫は悪いことだと思いますか？

はい　59％　いいえ　41％

自分は絶対に不倫しないと言い切れますか？

はい　37％　いいえ　63％

この結果を、私は意外に思いました。不倫を悪いことだと考えている人が六割近くもいたからです。

誰かを不幸にしてまで幸福になりたいとは思わない、という答えの人がたくさんいました。

けれども、じゃあ自分は絶対に不倫しないか、というと、これまた六割以上の人が「しないとは言い切れない」と答えています。

この矛盾が何とも言えず、心の揺れを表していると思いませんか。

不倫だって恋は恋、恋をしてしまったからにはしょうがない、というのが本音なのでしょう。

今は姦通罪《かんつう》ってものはありません。だから不倫は犯罪ではありません。善《よ》し悪《あ》しはすべて心の問題になってくるわけです。

人間、理性と行動はなかなか結びつかない生きものです。いけない、とわかっていながらどんどん深みにはまってゆく、というのは、何も不倫だけではないでしょう。

不倫のとらえ方には、ふた通りあります。

割り切って、恋愛のおいしい所だけを味わい、相手の家庭を壊さない。

これができる人には、何も言うことはありません。うまくやってね、とだけ言わせてもらいましょうか。

でも、そうできない人。つまり彼を心から愛し、できるものなら結婚したいと望んでしまう。

問題はこっちです。

きっと人生を変えるほど苦しく、また激しい恋になるでしょう。

私は、男と女はおたがいさまだと思ってます。

ふたりが向き合っている時は対等です。

それは不倫だろうが、シングル同士だろうが変わりません。

けれどもふたりが、ふたり以外のところに戻る時、男と女としてだけでは生きてゆけません。別の顔を持った人間になるのです。

そして、その別の顔には、それぞれに責任というものがついて回ります。特に不倫の場合、持つべき顔と責任は、シングルよりずっと多くなるはずです。

彼に妻と子供がいたとしましょう。

彼はあなたの前ではひとりの男ですが、家に帰れば、夫という顔、父親という顔を持った人間になります。

そして夫は妻に対する、父親は子供に対する責任があるのです。

責任もまた、愛のひとつです。

それは家族愛と呼ばれるものです。あなたに対する恋愛とは違います。

それはどっちが重いとは比べられるものではありません。それぞれに独立した愛情なのです。

あなただって、彼の前では女だけれど、家に帰れば娘の顔で親と接するでしょう。そして娘としての家族愛、責任というものを持っているでしょう。

もしあなたが、今夜、彼とホテルに入り、身体中にキスマークをいっぱいつけていたとしても、自宅に帰って親と顔を合わせた時、ちゃんと娘として振る舞うはずです。ついさっきまで彼とHなことしてたなんて、親には絶対に知られたくない。

それと同じことを、彼も家庭に帰ったらしているのです。ちゃんと夫や父親になっています。その夫としての振る舞いの中に、あなたは考えたくもない、妻とのセックスもあるのです。

よく男は「もう妻とはずっと何もない」というセリフを口にしますが、それはたいていてい嘘《うそ》です。言い換えれば「恋愛としてのセックス」はないけど「夫婦としてのセックス」はあるということです。

これはほぼ、間違いないと思っていいでしょう。もちろん彼は口を割ったりはしないでしょうけど。

だから、そのことで彼を責めたり追い詰めたりするよりも、ある意味で最初から覚悟をしておいた方がいいと思います。

不倫でも、結婚に到《いた》るケースはたくさんあります。

けれど、彼が妻子と別れ、あなたと結婚すればすべての決着がついたと考えるのは性急過ぎます。

たとえ離婚しても、放棄できない責任というものが残るのです。

やはり父と子の関係でしょうか。

ある女性の話をしましょう。

彼女は不倫をしていました。それは双方ともに真剣な恋でした。だから男はきちんと妻子と別れ、彼女と結婚に到りました。

引っ張るだけ引っ張っておいて、最後の土壇場に家庭に戻るという男の多い中、その話はある意味では「男の決断」を感じさせるものでした。

結婚した当初、彼女は本当に幸福そうでした。堪えがたきを堪え、忍びがたきを忍んで、やっと手に入れた妻の座なのですから。

けれども、それからしばらくして、私はちょっとドキッとするようなことを聞くことになったのです。

「子供が欲しいんだけど、金銭的に今の状態では無理みたい」

「でも、ふたりで働いてるんでしょう」

「そうだけど、彼、毎月ふたりの子供のために養育費を払ってるの。それは子供が成人するまで続くのね。下の子が成人するまであと十五年かな。それに前の奥さんと子供が住んでるマンションのローンの一部も慰謝料代わりに払っていかなきゃならないし。だから彼のお給料の半分はそれで消えるの。実は私も、不倫ってことで、奥さんに慰謝料請求されたから、貯金はすっからかんになっちゃったしね。今はふたりで外食どころか、映画にだって行けない状態よ」

私はどう答えていいかわからず、ただ曖昧《あいまい》に頷《うなず》くしかありませんでした。

お金なんかなくたって、愛する人と結婚できたのだから、それで幸せです。本人同士がそれでいいなら、私にとやかく言う権利などあるはずもないのです。

でも。

何だか、私は沈んだ気持ちになりました。

こういった現実が、この先もずっと続いてゆくということの重さを感じたのです。

不倫の結末は、彼が奥さんと別れ、自分と結婚した所で終わらないのです。ふたりだけの人生を生きてゆくのではなく、時には元の妻や子供たちの人生も一緒に抱え込まなくてはならないのです。

不倫だって恋です。

恋は誰にも止められない。

自分にだって止められない。

その恋を手中に収めた時の喜びは本当に深いものだと思います。けれども同時に、何かしらのリスクも背負わなくてはならない時もあるのです。

不倫の恋は成就するしないにかかわらず、いちばん必要なのは「覚悟」なのかもしれません。

最後に、とても印象に残った話があるので紹介しましょう。

不倫を悪いとは思わない、と断言した女性です。

彼女の言い分はこうです。

「文化や風習が違えばそれを不倫とは呼ばないから」

確かにそうです。

世界の中には一夫多妻制をとっている国もあり、また逆の場合もあります。結婚という制度そのものが存在しない国もあります。

ですから、不倫とか結婚なんてものは、文化や風習によっていつの間にか植え付けられた観念なのかもしれません。

けれど、たとえ観念がどうであれ、人と人が向き合った時、そこには必ず責任というものが生じるはずです。

それは何も相手への責任だけを言っているのではなく、自分自身への責任です。

それをちゃんと取れるという自信がある人だけが、自分の恋をまっとうし、とやかく言う周りの者の口を噤《つぐ》ませてしまうほどの、強く逞《たくま》しい生き方ができるのでしょう。

今の自分は好きですか？

女友達何人かが集まると、時折、こういった話題で盛り上がる時があります。

男と女、どっちが得か。

「そりゃあ、男に決まってる。この世の中、何のかんのと言ったって男が主導権を握ってるじゃない。うちの会社の役職の比率を見れば一目瞭然《りょうぜん》よ。女性が出世する時は、男の三倍ぐらいの働きと実力がないと認めてもらえないの。私の同期の男なんか、私より働きが悪いくせに、お給料はいいのよ。ほんと、頭にきちゃう」

との意見は、大手電気メーカーに勤めるキョウコ。

別にバリバリのキャリア志向というわけではないのですが、仕事に対する責任感は十分にあり、その辺りはいたってシビアな目を持っています。

次はミチエ。彼女も勤めていますが、出世なんかにまるっきり興味なし。基本は腰掛けＯＬ。人生、楽しく過ごせたらそれでいい、と考えているような女性です。

「確かに、出世とか考えたら男の方が得に見えるけど、そうじゃない生き方をするなら絶対に女ね。男ってさ、女より強くなくちゃならないとか、一生をかける仕事を持たなくちゃならないとか、制限受ける場合が多いでしょう。ストレスよね、そういうの。その点、女だったら何をやってもアリってところがあるじゃない。働くのがイヤで、男に養ってくれって言っても、さほど非難を浴びることもないしね。私は絶対に女の方が得だと思う。美人に生まれればなおさらにね」

うん、それも一理ある。

私はと言えば、どっちが得、というより、羨《うらや》ましいと思うことはいくつかあります。

たとえば生理。これって個人差はあるけれど、毎月毎月、シクシク痛むお腹《なか》を抱えて憂鬱《ゆううつ》な気分で過ごさなくちゃならないでしょう。何で女だけこんな目にあわなきゃならないのって思ってしまう。子供を産むために必要なことだというなら、男も同じ思いをしたっていいはずなのに。

これを言うと、もう少し話を先に進めて、なぜ女だけが痛い思いをして子供を産まなきゃならないのって口にする人もいます。

「結婚した時、夫婦のどっちが産むか選択できればいいのに」

なるほど。そうなったら産婦人科には男女が入り乱れるわけですね。産婦人紳士科と呼ばれるようになるのでしょうか。

その意見もわからないではないけど、産むっていうのは損ばかりじゃないような気もします。出産という喜びもまた実感として味わえるわけでしょう。考えようによっては、男より得とも言えるんじゃないかと私なんかは思ってしまいますけど。

またまた先の、子育て云々《うんぬん》についてまで話が進む場合もあります。

「それはもう男の方が得に決まってるわ。うちのダンナなんて、仕事っていう大義名分を背負って、子育てをみんな私に押しつけちゃってるんだから」

でも、ここまで来ると、私ははっきり異論を唱えますけどね。これはもう「女だから男だから」という問題ではないでしょう。子育て経験のない私が言うのも気がひけますが、これこそ両親となったふたりの意識でどうにでもなるはずです。

「だって、そんな男を選んだのは結局あなたでしょう」

ま、最終的にはこれを言ってしまい、相手に嫌われてしまうんですけどね。

話を元に戻しましょうか。男が羨ましいと思うもうひとつに、トイレがあります(なんて具体的なんだろ)。立ちションはりっぱな軽犯罪で、街中でするなんてとんでもない話ですが、男の機能って便利にできていると思いませんか？

ずっと前にキャンプに行った時、そこはキャンプ場じゃなくてほとんど野宿の状態だったんですが、草むらでトイレをするのが本当に恐かった。お尻《しり》を変なものに嚙《か》まれたりしたらどうしようって。

こういった男と女の持って生まれた身体の仕組みみたいなものは、どうしようもないだけに、羨ましいと感じてしまうわけです。

でも、もし生まれ変わるとしたらどうだろう。男になりたい、とそんなに強く思ってるわけではありません。一度ぐらいなってもいいかな、という程度。

そう言えば、ずっと前、どこかのアンケートで同じようなのがありましたっけ。

「今度生まれるとしたら、あなたは何になりたいですか？」

その時の答えは確かこう記憶しています。

女性の一位は、女性。

そして、男性の一位は、鳥。

あーあ、男もいろいろとつらいんですね。簡単になりたいなんて言えないようです。

さて、女友達が集まると、こういう話題もよくでます。

ねえ、若い頃に戻りたい？

みんな心のどこかに「あの時、ああしていれば」という後悔のようなものを抱えているはずです。私だって、もちろんあります。あの時の彼、どうしてうまくつかまえておかなかったのだろう……なんてね。

もちろんそんなことばかりではなくて、あの時もっと勉強していたら、転職をしていたら、あのチャンスをものにしていたら、なんていうのは根深く残っています。

もし、過去に戻れたら、その時はきっとうまくやるのに。

そんなことを何回も、いえ何十回も想像して、ベッドの中で悶々《もんもん》としてしまったりもするわけです。

でもね。

でも、私は本当はわかっているんです。

もし、本当に過去に戻ることができても、私はきっと同じ道を辿《たど》って今の自分に行き着くだろうって。

あの時はあの時なりに、色々考えたり、悩んだりして選んだのです。もちろん臆《おく》病《びょう》だったり、怠けたりも含めてですが。つまり、それが私らしい選択だったのです。私が私である限り、過去に戻っても同じことをするに決まってます。

後悔をしていないわけではないけれど、私は過去に戻りたいとは思わない。それをするくらいなら、失敗も含めて、今の自分を認めたい。

「もし、あの時ああしていたら」

なんてことから始まる人生なんて、所詮《しょせん》、絵空事です。どんなに考えても、できっこないし、何の役にも立たないのですから。

だったら同じ「もし」でも「もし、今からこうしたら」ということを想像してみませんか。未来はいくらだって可能性があります。両手を広げてその「もし」のすべてを受け入れてくれる間口の広さを持っているのです。

その方がずっと得策というもの。後ろばかりを振り返っていると、足元の石につまずいたり、せっかくのチャンスをつかみ損ねたりしてしまうかもしれません。

さて、実はひとつだけ、過去をとっても羨ましいと思っていることがあります。鏡を見て「わっ、こんなところにシワが、シミが」なんて時。やっぱりこれはやだなぁ。ピンと張った若い肌、取り返せるものなら取り返したい。

そんなことを話していると、私よりずっと年上の女性がゆったりと笑いながらこう言いました。

「シワが美しくない、という観念は、いつの間にか世間に刷り込まれたものなのよ。私は自分のシワもシミもすべて自慢に思ってるわ。これはね、私がどう生きてきたかの勲章のようなものだもの」

まだまだそこまでの境地には辿り着けないけれど、いつか私もそんなことが口にできる女性になりたいです。

夢を持っていますか？

「将来の夢」ということで、質問されたり相談されて、困ってしまうのは「夢は持ちたいのだけれど、どんな夢を持っていいのかわからない」と言われた時です。

これはもう、ジタバタしつつ自分で見つけるしかありません。誰もがそうやって見つけて来たのだし、夢というのは人によってそれぞれ違うもの。違うからこそ、見つけがいもあるのだから。

ただ、もしひとつだけ言えるとしたら、夢は自分のいちばんシンプルな感情で選ぶべきだ、ということでしょうか。

今でこそ色々とエラそうなことを言っている私ですが、正直言って二十代の頃、いったいどんな夢を持っていいのかまったくわかりませんでした。

そんな情けない自分のこと、恥ずかしいけれどここで少し書いてみましょうか。私は十代から二十代にかけて「こうしたい」という考えを全然持っていない奴《やつ》でした。たとえば進学の時も、志望校があるというより、今の私の成績で入れる学校はどこか、というような形で選択をして来たのです。

その習性は就職の時も少しも変わりません。職種のことなんか全然頭になく、あるのは「ある程度大きな会社で、安定した企業」ということぐらいです。つまり、私にとっての就職は「こういう仕事をしたいから、こういう企業を探す」というのではなくて「仕事内容などどうでもいいから、私を採用してくれる会社はどこ？」というような感じだったのです。

金融関係、保険関係、メーカー、マスコミ、販売と脈絡なく受けまくりました。その頃もかなりの就職難で、散々ふられましたが、何とか中堅の地方銀行にひっかかり、私はそこでOLとして勤めるようになったのです。

でも、就職しても、仕事をしているという実感はあまり持てませんでした。その意識の低さの原因は「どうせ結婚するんだもん」という思いがあったからだと思います。

その証拠に、会社でトラブったりイヤなことがあるといつもこう思いましたから。「早くいい相手を見つけて、とっとと寿退社《ことぶきたいしゃ》してやる」

任された仕事はそれなりにやったと思います。でも、それ以上のことはしなかったし、それ以上のことが回って来て欲しくないとも思っていました。

五時が来るのが待ち遠しく、上司に「お先に失礼しまーす」と挨拶《あいさつ》すると「さあ、これからだ」と、意気揚々と遊びに出掛けてゆく。ああホントにもう典型的なお気楽腰掛けOLだったわけです。

もし、その頃の私に無理矢理に夢を持たせるとしたら「素敵な人と結婚する」ということに尽きるでしょう。当時、適齢期は二十四歳前後。当然、私の目標もそれです。今では「えーっ、まだそんなに若いのに」「適齢期なんて死語よ」と笑われてしまうかもしれませんけど。

だからといって、何かするってわけじゃありませんでした。

素敵な男をつかまえるには、素敵な女にならなくてはならない、なんてことも考えずに、周りの年上の女性たちが、それに近い年齢になるとちゃんと結婚してゆくように、自分も自然にその時が来るんだと、何の根拠もなく確信していたのです。

ほんと、書いてて恥ずかしくなって来ました。本当に何も考えてないおバカ丸出しの私。

とにかくそんな私ですから、当然のごとく、予定は大幅に狂うことになりました。二十四歳で寿退社は見事アテがはずれて私はひとり。

そうなってみて、初めていろんなことを考えるようになりました。早い話、人生は思い通りにはいかないんだなぁってことを、痛感したのです。

もしかしたら、一生結婚のない人生を送るかもしれない。その時、私はどうやって生きてゆけばいいのだろう。

漠然とした不安の中にいながらも、まだまだ結婚への依存心は強かった。考えるだけで何もしないまま一年、二年と時間だけが過ぎてゆきました。そのうち、私の周りでいろんなことが起こり始めたのです。

税理士の資格を取りに学校に通い出した後輩。素晴らしい玉の輿《こし》に乗った女性の離婚。一流会社を辞めて転職を決心する友人。いつの間にか部下を持つほどバリバリ仕事をしている先輩。

その中でもやはり、玉の輿の女性の離婚は、私にかなりのショックを与えました。

適齢期の寿退社という予定は狂ってしまったけれど、やはりまだ結婚依存症の症状は根強く残っていましたからね。

結婚したからと言って一生ラクできると思ったら大間違い、ということに私はようやく気がついたのです。

だいたい、結婚したくて相手を探すものではありません。結婚したいと思うような相手が出現してこそ、初めて結婚に行き着くのです。早い話、私は順番が違うわけです。

結婚をするとかしないと関係なく、私は私の人生をどう生きてゆくか考えなくてはならないんだ。

私は初めてじっくり自分と向き合うことになりました。その時、最初に思ったのは「私にとって将来の夢って何だろう」ということです。でも、はっきり言って、何もない。

ガクゼンとしつつも、とりあえず「それならやってみたい職業って？」と考えました。

「美容師さんなんかいいな、技術があれば一生食いっぱぐれがないから」

「例の友人のように、何か資格を取りに学校に通おうか。通信講座でもいい」

「今まで趣味で続けて来た華道だけど、この際、本気でやって師範免状を取ろう。将来はお花の師匠だ」

「根が体育会系だから、スポーツ関係のインストラクターを目指してみようか」

どれもこれも、思った瞬間は「ナイス！　いっちょやるぞ」と決心するのだけれど、しばらくすると「何か違うなぁ」って気になって、決心はしゅるしゅるとしぼんでしまいます。今ひとつ気持ちが盛り上がらないのです。

なぜだろう。

それを私なりに考えてやっとわかりました。

結局は好きじゃないからです。つまり何かの手段として選ぶ仕事など、長続きするはずがないのです。

私の中に「将来、それで食えるもの」という気持ちが先にあって、それなら何が適当か、と夢を思い描くという、本末転倒の状態になっていたのです。それじゃ当然、夢を叶《かな》えるためのパワーも不足するでしょう。

それで私は、シンプルな気持ちに戻ることにしました。

「食えなくてもいい。自分が楽しめること。好きなことをしたい。それは何？」

そして、私はやっと小説を書くということに行き着いたのです。

幸運にも、今、私は好きなことを仕事にすることができました。でも甘くはありません。苦労はいっぱいあります。それでも、後悔したことは一度もないし、やめようと思ったこともありません。だって好きだから。自分が好きで選んだことだから。

私はこれから先も「好きか嫌いか」ということの最もシンプルな感情を大切にして、自分の生き方を決めてゆきたいと思っています。

したくないのは、得か損か、で決めること。

その時は得をしたように思っても、後になって自分を追い詰めてしまいそうな気がするから。

損をする、というのは人生にとって大切なことです。その中に、いろんな真実が隠れているのです。

たとえ損をしても、好きという思いがあれば決して後悔しません。その感情こそが、必ず自分を幸福にしてくれるのです。

おわりに

初めてのエッセイを出版したのは、今から七年以上も前のことです。

それから、ほぼ一年に一冊のペースで出版して来ました。

もし、以前に書いたものを読まれた方がいらしたら、あの時と今回のとでは言ってることが全然違うじゃない、と思われる方もいるでしょう。

七年たてば、やはり人は変わるんですね。

いいえ、変わらない方が怖いです。気づかないうちに、私も変わったということでしょう。

でも、やはり変わらないところもあります。呆《あき》れたり、ホッとしたり。そういうことを、私自身が楽しんで書くことができたと思います。

文句のひとつも言いたくなる方もいらっしゃるかもしれませんが、両方をひっくるめて読んでくださるとありがたいです。

これは二年間、『モニク』という女性誌で連載したものをまとめました。

毎月テーマを決め、そのテーマにそって読者の方々からアンケートを取るという、とても手間のかかることをしました。時には、戻りが悪く、二度行なった時もあります。それでもイヤな顔ひとつせず、アンケートをとってくれた『モニク』編集部に、この場を借りてお礼を言わせてください。お世話になりました。

エッセイは、作家にとって裸の自分を晒《さら》すようなものです。

でも、恥ずかしがるのはやめます。

これが私です。

読んでくださったことに感謝をこめて。

唯川　恵

文庫版　あとがき

いつも同じことを書いてしまいますが、以前に書いたものを読み返すのは、本当に恥ずかしい。

小説もそうですが、特にエッセイは、その時はわかったつもりでいたけれど、実は何もわかっていなかったんだ、というようなことを痛感してしまいます。

ただ、その時には、その時にしか持ち得なかった感情や感動があったのは確かです。

たとえ未熟であろうと、肩に力が入りすぎていようと、思い込みでしかなかろうと、思慮が足りなかろうと、それも私には違いないのだから、今更、照れるのはやめることにしましょう。

実を言うと、

「5年後、幸せになる」

なんてタイトルをつけたものの、あの時は永遠に来ないような気がしたものです。

五年後なんて、あまりにも遠い先のことに思えました。

でも、それは確かにやって来ました。

もし今「五年前より幸せか」と、聞かれたら、私はこう答えたいと思います。

五年前より、幸せを見つけるのが少しは上手《うま》くなったような気がする、と。

最後になりましたが、お忙しい中、解説を快く引き受けてくださった日向蓬さんに、心から感謝します。

唯川　恵

幸せの雲形定規

日向　蓬

「オールド・ミス」という言葉を聞かなくなって久しい。（その使用頻度はおそらく「ネグリジェ」よりもさらに低いのではなかろうか。）それはおそらく、かつてその言葉が指し示していた状態が、揶揄《やゆ》されるような特殊なことではなくなって、言葉の存在意義がなくなったからだ。つまり、世の中は変わった。とりわけ、女性の在り方は。

にもかかわらず、

「うちのお母さんはね、何歳で結婚して、何歳でわたしを産んだの」

というようなことを女はよく口にする。小学生の女の子ではなく、三十代半ばになる私の周囲の女たちの話だ。リッパな堅気のキャリアを持った、しかも結婚なんかにはまるで興味がなさそうな友人でさえ、例外ではない。

　私たちの母親の結婚なんて、四半世紀プラスひと昔も前の出来事。その間に世の中は、かなり、すごく、変わったのだ。母親世代の作った「女の人生年表」を流用することなど不可能だし、そうしたいわけでもない。第一、それらの資料を引っ張り出してきたところで、それが「前年度当月の営業利益」のように数字で割り切れる四角い形をしたものではないことは、私たちだってちゃんとわかっているのだ。なのに何故《なぜ》、口にしてしまうのか。うちのお母さんは、と。

もやもやと気になったままだったのだけど、唯川恵さんの本書を読み始めたとたん、解《げ》せた。

『まず、五年前の自分を思い浮かべてみませんか。あなたは何歳だったでしょう。その時、五歳年上の女性をどんなふうに思い描いていましたか。分別があって、落ち着いていて、仕事もきちんとやっている、まさに大人の女。そんなふうには想像していませんでしたか？

そして、今、その年になってみて、想像とあまりにかけ離れている自分にびっくりしてはいませんか？』

これだ。ここで例に挙げられているのは「五年前の自分が想像していた五歳年上の女性」ということだけれど、これと同じことを母親を基準にしてやっているのだ。自分の母親が人生の一大事業をやってのけた年齢の自分は、果たしてそれに匹敵するようなことを為《な》し得ているだろうか？　私たちは自分がちゃんと成長しているかどうか、それを確認したいのだ。

　この最初の章のタイトルは、『年齢に追いついていますか?』。ドキッとさせられる。すみません、ごめんなさい、と謝りたくなる。他のタイトルもそう。一部を挙げると、

『そんなに愛されたいですか?』

『結婚すれば幸福になれますか?』

『ひとりになる勇気、ありますか?』

『今までどんな嘘《うそ》をつきましたか?』

『自分は絶対に不倫しないと言い切れますか?』

『今の自分は好きですか?』

　といった具合で、どれも真顔で聞かれたら、半泣きで走って逃げたくなるようなものばかりだ。さらにそれらのエッセイの中身が、もっとすごい。するどい。厳しい。そして、優しい。

　例えば、『昔の彼を忘れることができますか?』の章。別れた彼のことを唯川さんは、『着なくなってしまった服のようなもの』と表現する。

『いつかまた着られる時が来るかもしれないから、その時までとっておこう。

　でも、実はそんなことはまずありません。ないとわかっていながら、期待だけがあ

る。』

うんうん、わかるわかる。ひとりで笑いながら、何度も相づちを打たずにはいられない。

また、『結婚すれば幸福になれますか？』の中では「結婚したい心理」について、『確かに、若い頃はある年月がたつと区切りが来て、新たな環境が待っていました。抵抗する気持ちもあったかもしれないけれど、それも含めて、確実に、ひとつひとつを終えて来たという実感が得られたと思います。

でも、社会に出る、という最後の区切りを突破した後、次に何を目標にすればいいのかわからなくなってしまうのです。…………そういった中で、結婚は確かに人生のひとつの区切りになってくれます。

区切りがあるから、力をためて、また新たな気持ちで、よーし頑張るぞ、という気分にもなれるのでしょう。』

と語る。そうそう。それそれ。そうなのよ。と、これもまた、前述の「うちのお母さんは……」の謎《なぞ》を解きほぐしていく。

唯川さんは、女たちが心に抱える様々な「もやもや」の輪郭を、しなやかに切り取って見せてくれる。直線ではトリミング不可能なその複雑な曲線を、感性の「雲形定規」でもって見事に描き出す。

　本書のあちこちには、唯川さんの「人生訓」や「処世術」が散りばめられているのだけど、それらはそんな物々しい言葉で表現するにはあまりに柔らかな形をしていて、だからこそストレートに読む者の気持ちに刺さってしまう。

　例えば、嘘をつくことについて、

『問題は、これはついていい嘘なのか、いけない嘘なのか、判断する力です。』

　と言う唯川さんは、別の男と付き合っていたことを彼に打ち明けるべきか、という問いかけに、

『その前の男そのもののことを忘れてしまえばいいのです。そうしたら、嘘ではなくなってしまうのだから。』

　と答える。ただし、

『嘘は嘘。綺麗事《きれいごと》にすり替えないこと。』

と、ちゃんとクギを刺すことも忘れない。

　各章の中で、それぞれいろんなエピソードが登場する。サービス精神が旺盛《おうせい》なあまり、常に大ボラをふく男や、遊び人とのセックスに溺《おぼ》れてお金まで貢《みつ》いでしまった女。資産家と結婚したすごい美人のA子のその後なんて、かなり興味深い。

もちろん、唯川さん自身のエピソードも、失敗談を含め、気取らずふんだんに披露される。私が一番好きなのは、幼稚園の時、友達の「ルミちゃん」への周囲の扱いが、自分に対するそれと違うことに気付き、

『可愛《かわい》いってすごいことなんだ。

その時、幼心に、現実を知ったのです。』

というくだり。思わず吹き出し、幼稚園児にしてその洞察力を持っていたというすごさに感心し、そして、この世の不条理について心の奥深い場所で納得した。

また、『周りの年上の女性たちが、それ（適齢期）に近い年齢になるとちゃんと結婚してゆくように、自分も自然にその時が来るんだと、何の根拠もなく確信していた』ＯＬ時代、寿《ことぶき》退社のアテがはずれて、それならやってみたい職業は、と考えて、

『美容師さんなんかいいな、技術があれば一生食いっぱぐれがないから』

『今まで趣味で続けて来た華道だけど、この際、本気でやって師範免状を取ろう。将来はお花の師匠だ』

『根が体育会系だから、スポーツ関係のインストラクターを目指してみようか』

などと思いを巡らすなんて、誰もがきっと一度は経験しているはず。ただし、その後の唯川さんは言うまでもなく、売れっ子の直木賞作家となるのだ。しかも幸せな結

婚生活を送っていらっしゃるらしい。

多くの女性が（もちろん私も含め）、唯川さんの本の「リピーター」となるのは、彼女の「雲形定規」を使いこなすその腕の確かさが、柔らかな感性のみならず、地に足のついた「経験値」に由来していることを本能的に嗅《か》ぎとるからだろう。

幸せって、ムズカシイ。欲しい幸せは確かにあるのに、その輪郭は曖昧《あいまい》でつかみどころがない。もやもやとしたデザインの構想はあるのだけど、それをパターンに起こす技術がなかなか追いつかない……そんな私たちのもやもやを、唯川さんは吹き飛ばし、叱《しか》りとばす。

『誰かから貰《もら》う幸せなんて、どんな価値があるというのでしょう。

自分の幸せは、自分の手で作る。

自分の手で摑《つか》み取る。』

そうだ。自分の幸せは、自分の手で作るしかない。勇気を出して、経験値のない自分の未来をデザインしなければ。幸せの雲形定規を使って。

そして五年後きっと、この本を読み返してみよう。五年前の自分の描いた幸せがどんな形で実現されているか、よーく見えるはずだから。


（平成十五年八月、作家）

この作品は平成九年十一月大和書房より刊行された。

唯川恵著
あなたが欲しい
満ち足りていたはずの日々が、あの日からゆらぎ出した。気づいてはいけない恋。でも、忘れることもできない―静かで激しい恋愛小説。

唯川恵著
夜明け前に会いたい
その恋は不意に訪れた。すれ違って嫌いになりたくて、でも、世界中の誰よりもあなたを失いたくない――純度100%のラブストーリー。

唯川恵著
恋人たちの誤算
愛なんか信じない流実子と、愛がなければ生きられない侑里。それぞれの「幸福」を摑むための闘いが始まった――これはあなたの物語。

唯川恵著
「さよなら」が知ってるたくさんのこと
泣きたいのに、泣けない。ひとりで抱えてるのは、ちょっと辛い――そんな夜、この本はきっとあなたに「大丈夫」をくれるはずです。

唯川恵著
いつかあなたを忘れる日まで
悲しくて眠れない夜は、今日で終わり。明日出会う恋をハッピーエンドにするためのちょっとビター、でも効き目バツグンのエッセイ。

柴門ふみ著
ラッキーで行こう
男と女の行動や外見に隠された、意外な実態を鋭くチェック。恋の勝利者になるための、的確なアドバイス満載のスーパーコラム集。

新潮文庫最新刊

星野智幸著
目覚めよと人魚は歌う
三島由紀夫賞受賞
乱闘事件に巻き込まれ逃亡する日系ペルー人ヒヨと、恋人との想い出に生きる糖子。二人の触れ合いをサルサのリズムで艶かしく描く。

新潮文庫編
文豪ナビ 夏目漱石
先生ったら、超弩級のロマンティストだったのね——現代の感性で文豪の作品に新たな光を当てる、驚きと発見に満ちた新シリーズ。

新潮文庫編
文豪ナビ 芥川龍之介
カリスマシェフは、短編料理でショーブする——現代の感性で文豪の作品に新たな光を当てる、驚きと発見に満ちた新シリーズ。

新潮文庫編
文豪ナビ 三島由紀夫
時代が後から追いかけた。そうか！ 早すぎたんだ——現代の感性で文豪の作品に新たな光を当てる、驚きと発見に満ちた新シリーズ。

よしもとばなな著
赤ちゃんのいる日々
—yoshimotobanana.com5—
子育ては重労働。おっぱいは痛むし、寝不足も続く。仕事には今までの何倍も時間がかかる。でも、これこそが人生だと深く感じる日々。

山口 瞳ほか著
山口瞳の人生作法
男のダンディズムは山口瞳に学べ！ 礼儀、酒、競馬、文学……。知られざるエピソードと秘蔵写真満載の「山口瞳読本」決定版。

5《ご》年《ねん》後《ご》、幸《しあわ》せになる

新潮文庫　ゆ－7－6

平成十五年十一月　一　日　発　行
平成十六年十一月十五日　五　刷

著　者　唯《ゆい》川《かわ》恵《けい》

発行者　佐藤隆信

発行所　株式会社　新潮社

郵便番号　一六二―八七一一
東京都新宿区矢来町七一
電話　編集部（〇三）三二六六―五四四〇
　　　読者係（〇三）三二六六―五一一一
http://www.shinchosha.co.jp

価格はカバーに表示してあります。

乱丁・落丁本は、ご面倒ですが小社読者係宛ご送付ください。送料小社負担にてお取替えいたします。

印刷・株式会社三秀舎　製本・加藤製本株式会社

ISBN4-10-133426-9 C0195